THE TALE OF THE BAMBOO CUTTER

—Taketori Monogatari—

THE TALE OF THE BAMBOO CUTTER
—TAKETORI MONOGATARI—

Modern rewriting by Yasunari Kawabata
Translation by Donald Keene
Illustrations by Masayuki Miyata

訳　川端康成
英訳　ドナルド・キーン
剪画　宮田雅之

KODANSHA INTERNATIONAL
Tokyo · New York · London

Distributed in the United States by Kodansha America, Inc., 114
Fifth Avenue, New York, N.Y. 10011, and in the United Kingdom
and continental Europe by Kodansha Europe Ltd., 95 Aldwych,
London WC2B 4JF. Published by Kodansha International Ltd., 17-14
Otowa 1-chome, Bunkyo-ku, Tokyo 112-8652, and Kodansha
America, Inc.
Copyright © 1998 by Donald Keene and Masayuki Miyata

First edition, 1998
ISBN 4-7700-2329-4
98 99 00 10 9 8 7 6 5 4 3 2 1

目次　CONTENTS

序文

　『竹取物語』は九世紀末か十世紀の初めに書かれた。物語の結末に「その煙、いまだ雲の中へ立ち昇るとぞ」とあり、富士山はまだ活火山であったことが分かる。創造された時期を知るには大変貴重な手掛かりである。『古今和歌集』の仮名序に「今は、富士の山も煙たたずなり」となっているので、『古今和歌集』が編纂された905年以前に富士山は活火山でなくなったことが明らかである。そうすると、『竹取物語』は遅くても905年までに出来たと分かる。創作された年ははっきりしないが、日本の最も古い物語であるに違いない。『源氏物語』の中で『竹取物語』は『物語の出で来はじめの祖なる竹取の翁』として紹介されている。

　作者についてさまざまの説があるが、多くは推測に過ぎない。求婚者五人のうち四人までが文武朝の宮廷人と名がよく似ているので『竹取物語』の当時の宮廷に対する風刺とする学者もいるが、風刺として『竹取物語』を読んだ人の記録が全くない。現在、『竹取物語』は児童文学になってしまい、挿絵のかぐや姫はシンデレラのような無邪気な少女として描かれ、彼女の一番の特徴である冷酷さはどこにも現れていない。

　物語の中に世界中の民話にあるような要素がある。求婚者の「体験」はトゥーランドット姫が求婚者にかけた謎を思わせるし、『ベニスの商人』の求婚者が選ぶべき金・銀・銅の三つの手箱にも似て

PREFACE

Donald Keene

Taketori Monogatari (The Tale of the Bamboo Cutter) was probably written late in the ninth or early in the tenth century. Mention at the end of the tale that smoke still rose from Mount Fuji, a sign it was an active volcano, is an important clue to the date of composition, for we know that by 905 A.D. the mountain had ceased to emit smoke. Regardless of exactly when the tale was first set down on paper, it is the oldest surviving Japanese work of fiction; *The Tale of Genji* (written about 1010) referred to it as the "ancestor of all romances."

Many theories have been published about the authorship, but they are little more than guesses. The names of the five suitors, resembling those of members of the Japanese court of the eighth century, have suggested to some scholars that the *The Tale of the Bamboo Cutter* was conceived of as a satire directed against a certain court faction, but this is not how the work was read in later centuries. Today it is thought of mainly as a children's story, and Kaguya-hime, the heroine, looks in the illustrations as lovable as Snow-White or Cinderella; there is no suggestions of the heartlessness that is perhaps her most memorable feature.

Elements in the narrative recall similar tales from other parts of the world. The tests to which the

いる。しかし『竹取物語』の体験の最も魅力的な面はそのユーモアであろう。車持の皇子が蓬莱の描写を幻想的に述べた直ぐ後に、鍛冶匠六人が現れて写の枝を拵えた謝礼をきわめて現実的に要求する。また、竜の頸の珠を取れなかった大伴の大納言は家人に「かぐや姫てふ大盗人の奴」の家に近よらないように言う。女主人公を「大盗人」と性格づけると、もう童話ではなくなってしまう。

『竹取物語』には異本が多く、さまざまの変異がある。テキストによって登場人物の名に変化があり、同じテキストの中でも統一性が欠けている。変異は名に限らない。最後の章、翁がかぐや姫が月へ拉致されないように兵士に「物、空に翔らば、ふと射殺し給へ」と命じ、守る人たちは「蚊ばかり一つだにあらば、まづ射殺し」と答えるが、異本では蚊ではなく、「かわほり（蝙蝠）一つだに」となっている。或いは異本の筆者が蚊を射殺すことは無理だと思い、蚊を蝙蝠に変えたかもしれない。

　他にも不可解なところがある。冒頭で竹取の翁は「年七十に余りぬ」というが、二十余年後（物語の結末に）に「翁、今年は五十ばかり」となっている。筆耕の誤りであろうが、竹取の翁は、かぐや姫が昇天する時五十歳だったとすれば、二十年前の彼は三十歳ばかりであったので、彼も求婚者の一人だったのかもしれない。幸い、このような問題は読者の楽しみを阻むことはない。

　三十五年ほど前に私は『竹取物語』の英訳を初めて発表した。数年後、ある出版社が面白い企画を持ち込んだ。『竹取物語』の私の英訳を川端康成先生の現代語訳と一流の画家の絵を合わせて豪華本として発表する意図であった。私はこの機会に乗じて英訳を完全にやり直した。旧訳では原作にある洒落をどうせ翻訳できないと思って省略したが、新訳では大変苦労して訳した。翌年に英訳を出版社に渡したが、その後、二十数年待っても本がでなかった。画家はとうとう挿絵を描いてくれなかった。

　その後、宮田雅之氏の切り絵の展覧会に行き、『竹取物語』に基づいてすばらしいシリーズがある

suitors are subjected resemble the riddles asked by the icy Princess Turandot, or we may recall the three caskets among which the suitors had to choose in *The Merchant of Venice*. Perhaps the most interesting aspect of the tests Kaguya-hime imposes is the humor with which they are related. The second suitor's lyrical description of the magical island of Hōrai, where he allegedly found the jewelled branch, is interrupted by the mundane demands of the artisans who actually made it. Again, the fourth suitor, at the end of his unsuccessful quest, urges his men to stay away from the vicinity of the house of "that thief of a Kaguya-hime." Such a characterization of the heroine takes us from the realm of the children's story.

Many texts of *The Tale of the Bamboo Cutter* have come down, each with its share of variants. The names of the characters differ somewhat from text to text or even within the same text. The differences are not confined to names: towards the end, when the old man is attempting to prevent Kaguya-hime from being taken off to the moon, he urges his men to shoot anything they see in the sky, no matter how small, and they assure him that they will shoot down "even a mosquito." But other texts mention not a mosquito but a bat; perhaps some scribe thought it was a bit too far-fetched for anyone to shoot down a mosquito, and changed the word to a larger flying object.

There are other problems in the text. Near the beginning the Bamboo Cutter says of himself that he is over seventy years old, but towards the end (twenty years later) we are told that he has just turned fifty. It seems likely that there was a copyist's error, but some scholars, taking the figure given at the end as the Bamboo Cutter's real age, have suggested that twenty years earlier, when he was only thirty, he may have been one of the suitors for Kaguya-hime's hand. Such problems in the text should not, however, prevent us from enjoying the storyteller's art.

ことを発見して大いに喜んだ。二十数年前の夢をいよいよ実現できそうであった。また、多少の時間がかかったが、ついにこの本ができた。一千年前の作者不明の物語に、最高級の作家の現代語訳と傑出した芸術家の作品と、日本文学の研究に一生を捧げたアメリカ人の翻訳を合体して、われらの『竹取物語』に対する解釈と敬愛を具現した。

About thirty-five years ago I first published a translation of *The Tale of the Bamboo Cutter* in the journal *Monumenta Nipponica*. A few years later—in the summer of 1965—a Japanese publisher conceived the plan of a book that would incorporate my translation, the translation into modern Japanese by the great novelist Yasunari Kawabata, and illustrations by one of the outstanding contemporary Japanese painters. I decided to take advantage of the opportunity to revise my translation. For example, in the earlier translation I had omitted the puns with which most sections of the work conclude because I judged that puns were rarely amusing in another language; but this time I struggled to translate even the puns. I delivered the new translation early in 1966 and then waited for somewhat over twenty years for the book to appear. The painter never got around to making the illustrations, though he continued to promise them.

About this time, I visited an exhibition of *kirie* (paper-cut pictures) by Masayuki Miyata, and discovered that he had actually completed a series of works illustrating *The Tale of the Bamboo Cutter*. I was delighted that at last it would be possible to realize the project first conceived so many years before. There were still further delays, but at last the book has materialized. It combines the work of an unknown Japanese writer of over a thousand years ago, the translation by a master of modern Japanese, illustrations by an outstanding artist, and a translation by an American who has devoted his life to the study of Japanese literature.

一、かぐや姫の生い立ち

昔，竹取の翁という人があった。野山に入って竹を取っては、それで籠などを作り、生計にあてていた。名を讃岐造麻呂と言った。ある日、そうして竹を取っていると、その中に一本、幹の光る竹があった。不思議に思って近寄ってみると、その筒の中が光っている。更によく見ると、その中に三寸ほどの小さな人が可愛らしく入っていた。そこで翁は、

「わしが毎日朝夕に見る竹の中にいたのだから、そなたは当然わしの子になるべき人じゃ。」

　と言って、その子を手の中に入れて家へ帰った。（翁が今ここで「そなたはわしの子になるべき人じゃ。」と言ったのは、その『子』と言うのを『籠』に掛けてあるのである。元来爺さんの職業は野山に入って竹を取ってその竹から籠などを作るので、その竹を取りに行って『籠』ならぬ『子』を見付けたというわけである。）

　爺さんはそれを婆さんにあずけて育てさせた。ところがその子の美しいこと——何分にも非常に小さいので、籠の中に入れて育てた。

　翁はこの子を見付けてから後は、竹を取りに行くと、よく、その竹の節毎に黄金が入っている竹を見付けることが多かった。そこで自然爺さんは、だんだんと金持ちになっていった。

　この子は、養ううちにすくすくと大きくなっていった。（それは恰度若竹の子がすくすくと伸びてゆくような具合であった。）そうして三月ばかりも経つうちに、早やもう一人前の娘になったので、

I. Kaguya-hime's Childhood

Many years ago there lived a man they called the Old Bamboo Cutter. Every day he would make his way into the fields and mountains to gather bamboo which he fashioned into all manner of wares. His name was Sanuki no Miyatsuko. One day he noticed among the bamboos a stalk that glowed at the base. He thought this was very strange, and going over to have a look, saw that a light was shining inside the hollow stem. He examined it, and there he found a most lovely little girl about three inches tall.

The old man said: "I have discovered you because you were here among these bamboos I watch over every morning and evening. It must be you are meant to be my child."

He took the little girl in his hands and brought her back home. There he gave the child into the keeping of his old wife, for her to rear. The girl was incomparably beautiful, but still so small they put her in a little basket, the better to care for her.

It often happened afterwards that when the Old Bamboo Cutter gathered bamboo he would find a stalk crammed with gold from joint to joint, and in this way he gradually became very rich.

The child shot up under their loving care. Before three months had passed she stood tall as a

幼いかぐや姫／*Kaguya-hime's childhood*

髪上げ──（成人式のこと）つまり、お下げを上げて髪を結い、そして裳を穿かせた。（裳というのは袴のようなもので、お雛様がよく穿いているあれである。）

　翁は、その娘を家の中から外へも出さず、大事に大事を重ねて可愛がり育てた。そのうちにこの娘の容貌が清らかに美しくなってゆくために、家の中は暗いところもなく光り輝くようであった。翁は、気分が悪く胸が苦しいような時にも、この娘を見ると自然その苦しさがなくなった。またなにか腹の立つようなことがあっても、やはり慰められるのであった。翁は、それから後もなおずっと続けて竹を取っていた。その竹の中には節毎に黄金が入っているので、自然爺さんの家は今では富み栄えて豪勢な長者になった。

　その娘がいよいよ大きくなったので、爺さんは三室戸斎部秋田を呼んで、その名をつけさせた。（三室戸斎部秋田というのは、三室戸が地名で斎部秋田が姓名である。）秋田は彼女に『なよ竹のかぐや姫』という名をつけた。（かぐや姫とは『輝夜姫』あるいは『赫映姫』で、夜も輝く、あるいは照り映えるというような意味であろう。）この名前をつけた三日間というものは、翁は、祝いのために宴会を催して、いろいろの歌舞音曲をやり、男女を問わず人びとを呼んで大酒宴をした。

かぐや姫の生い立ち

grown woman, and her parents decided to celebrate her coming of age. Her hair was combed up and they dressed her in trailing skirts. The greatest pains were lavished on her upbringing—they never even allowed her to leave her curtained chamber. This child had a purity of features quite without equal anywhere in the world, and the house was filled with a light that left no corner dark. If ever the old man felt in poor spirits or was in pain, just to look at the child would make the pain stop. All anger too would melt away.

For a long time afterwards the old man went on gathering bamboo, and he became a person of great importance. Now that the girl had attained her full height, a diviner from Mimuroto, Imbe no Akita by name, was summoned to bestow a woman's name on her. Akita called her Nayotake no Kaguya-hime, the Shining Princess of the Supple Bamboo. The feast given on the occasion of her name-giving was graced by diversions of every kind and lasted three days. Men and women alike were invited and grandly entertained.

Kaguya-hime's childhood

二、妻問い

天下の男という男は、高貴な者も卑賤な者も区別なく、皆一様にどうかしてこのかぐや姫を手に入れたいものだ、一目でも見たいものだと、もうその評判を聞いただけで、うっとりとして心燃やしていた。かぐや姫の家の近所の人や、またそのつい垣根近くに住んでいるような人達でさえ、なかなかちっとやそっとの容易なことではかぐや姫の姿を見るということさえ出来ないのに、それらの男達は夜もろくろくとは眠らずに、闇の夜にやってきては垣根に穴などを開けたり、また、あちらこちらから覗き垣間見などをしては、一人心をときめかせていた。この時から、こうしたことを夜這いと言うようになったのである。けれども、人の居もしないところを闇夜にうろうろと歩いてみたところで、一向の効果もない。せめては、姫の家の人達に、なにかものでも言ってみようかと、言葉をかけてみるけれど取り合ってもくれない。それでも懲りずに、その辺を離れぬ公達が、その辺をさまよっては夜を明かし日を送る者も多かった。

あきらめのいい人達は、もはや所詮望めぬものならば無用にうろつき回るのはつまらないことだと思い返して、来なくなった。ところが、そうした中でなおもつづけてやってきたのは、粋で通っていた有名な五人——この人たちは、どうして思いあきらめるどころか、やはり夜昼なく通ってくるのであった。その名、一人は石作皇子、いま一人は車持皇子もう一人は右大臣阿部御主人、他の一人は大納言大伴御行、最後は中納言石上麻呂足である。これらの人々は、つねづね世間にざらにあるような

II. The Suitors

Every man in the realm, whether high or low of rank, could think of nothing but of how much he wanted to win Kaguya-hime, or at least to see her. Just to hear the rumors about her made men wild with love. But it was not easy for those who perched on the fence nearby or lurked around her house, or even for those inside, to catch a glimpse of the girl. Unable to sleep peacefully at night, they would go out into the darkness and poke holes in the fence, attempting in this foolish way to get a peep at her. It was from this time that courting a woman came to be known as "nightcrawling."

But all their prowling around the place, where no one showed the least interest in them, was in vain. Even when they made so bold as to address the members of the household, no answer was forthcoming. Many a young noble, refusing to leave the vicinity, spent his nights and days without budging from his post. Suitors of shallower affections decided eventually that this fruitless courtship was a waste of time and ceased their visits.

Five among them, men renowned as connoisseurs of beauty, persisted in their suit. Their attentions never flagged, and they came courting night and day. These were Prince Ishizukuri, Prince Kuramochi, the Minister of the Right Abe no Miushi, the Grand Counsellor Ōtomo

女でも、ちょっとその容貌（かおかたち）がいいと聞くと、もうそれだけで、すぐそれを見たがるような人々だったので、かぐや姫の話を聞いては見たくて堪らず、飯を食うのも忘れて、物思いに耽り、その家に出掛けて行っては近所をうろつき回ったが、一向にききめがなく、手紙を書いて出してもみたがやはり返事はなく、さては恋いあぐんで心淋しい歌など書いて送ってみたけれども、やはり答えはなく、もうこれは駄目だと思いながらも、やはり十一月十二月の候——雪が降り氷が張っても——またあるいは、六月の候——炎天の下、雷鳴の中もかまわずに通いつづけて来た。そうしてある時、竹取の翁を呼び出して、

「あなたの娘さんを、わたしに下さい。」

　と、手を合わせ頭を下げて頼んでみたが、すると翁はただ、

「わしの生んだ子ではないので、自由にはなりませぬ。」

　と言うばかりで、いつとなく月日が過ぎた。

　そういうわけで、これらの人達は家へ帰ってからも妙に考え込んでしまって、さては残念まぎれに、神仏にお祈りなどをし、あるいは願（がん）を立て、どうかしてこの娘を思いあきらめてしまおうとしたけれども、やはりそれは無駄であった。爺さんはあんなことを言ったが、しかしあの娘だって一生涯聟（むこ）を取らぬというわけではなかろうなどと、また思い返してはそれをあてにした。そして、これでもか、これでもかと言わんばかりに、自分の気持ちの深さを見せつけるかのように、姫の家の近所をやはりうろつき回るのであった。

　ある時竹取の翁はそれを見て姫に言うのに、

「うちの大事な大事なお嬢さま——（と言うのは、この姫が見付かってから竹取の家は富み、今ではその姫の美しさが翁にとってはこの上ない楽しみになっているので。）——あなたは元々、神か仏の

no Miyuki, and the Middle Counsellor Isonokami no Marotari. Whenever these men heard of any woman who was even moderately goodlooking, and the country certainly had many such, they burned to see her; and when they heard about Kaguya-hime they wanted so badly to meet her that they gave up all nourishment and spent their time in brooding. They would go to her house and wander aimlessly about, even though nothing was likely to come of it. They wrote her letters that she did not even deign to answer; they penned odes bewailing their plight. Though they knew it was in vain, they pursed their courtship, undaunted by hindrances, whether the falling snows and the ice of mid-winter or the blazing sun and the thunderbolts of the summer.

One day they called the Bamboo Cutter to them, and each in turn got down on his knees and rubbed his hands, imploring the old man: "Please give me your daughter!"

But the old man replied: "The child was not of my begetting, and she is not obliged to obey my wishes."

And so the months and the days went by.

Confronted by this situation, the gentlemen returned to their houses where, lost in despon- dent thoughts, they prayed and offered petitions to the gods, either to fulfill their love or else to let them forget Kaguya-hime. But however they tried, they could not put her from their minds. Despite what the old man had said, they could not believe that he would allow the girl to remain unwedded, and this thought gave them hope.

The old man, observing their ardor, said to Kaguya-hime: "My precious child, I realize you

お生まれ代わりで、この爺めがお生み申したお子ではありませんが、しかし爺が、あなたをこれほどまで大きゅうお育て申し上げた心持ちをどうかおくみ取り下すって、爺の申すことを一つお聞き取り願えませんでしょうか。」

　そう言うと、かぐや姫は、

「あら。どんなことでもおきき申しますが、わたしが変化<rb>へんげ</rb>の者などということは、今の今までつい知りもしませず、わたしは、ただもう一途に、あなたを生みの親だとばかり存じておりましたわ。」

　爺は、

「そりゃ、有り難いことじゃ。わしももう、年齢<rb>ねんれい</rb>が七十の上になりました。実を言えば、わしはもう、今日とも明日ともしれぬ命ですわい。そこで言うておきますが、およそ人間というものは、この世に生まれた以上は、男は女と結婚するもので、また女は男と契るものなのじゃ。これが人間の規則<rb>きそく</rb>というものなのじゃ。またそうしてこそ、始めて一家が栄え、一門が増えるというものなのですわ。たとえあたなといえども、やはりどうしてもその同じ道を踏まねばなりませぬのじゃ。」

　それに対してかぐや姫は言った。

「だって、どうしてそんなことをするのですの。わたし、嫌ですわ。」

　翁が言った。

「いやいや、あなたはたとえ、もとは神仏のお生まれ代わりであろうとも、とも角、あなたは女の身体じゃ。今は、こうしてわしが生きております限りは、このままでもよろしかろう。が、わしが死んでしまいましたら、どうなさる——ところで、あの五人の方々は、あの通り長い間、年を経、月を重ねてお通いになり、あなたを思うお志も深く、その上に、あのようにおっしゃるものを、あなたも早くお心をお決めになって、あのうちのどなたかお一人とお契りになっては如何ですか。」

妻問い

are a divinity in human form, but I have spared no efforts to raise you into such a great, fine lady. Will you not listen to what an old man has to say?"

Kaguya-hime replied: "What request could you make of me to which I would not consent? You say I am a divinity in human form, but I know nothing of that. I think of you and you alone as my father."

"Oh, how happy you make me!" exclaimed the old man. "I am now over seventy, and I do not know if my end may not come today or tomorrow. In this world it is customary for men and women to marry and for their families then to flourish. Why do you refuse to be wedded?"

Kaguya-hime said: "How could I possibly do such a thing?"

The old man replied: "You are a transformed being, it is true, but you have a woman's body. As long as I am alive, you may, if you choose, remain unmarried, but one day you will be left alone. These gentlemen have been coming here faithfully for months and even years. Listen carefully to what they have to say, and choose one of them as your husband."

"All I can think is that I should certainly regret it if, in spite of my unattractive looks, I married a man without being sure of the depth of his feelings, and he later proved fickle. No matter how distinguished a man he may be, I wouldn't be willing to marry him unless I were sure he was sincere," said Kaguya-hime.

"That's exactly what I myself think," answered the old man. "Now, what must a man's feelings be before you are willing to marry him? All these gentlemen have certainly shown unusual devotion."

すると、かぐや姫は言った。
「いいえ、よくもない器量ですのに、うっかりと相手のお方のお心も知らず契りましては、あとになって、その方のお心変わりがしました時に、ただもう後悔いたすばかりだろうと存じますわ。どんなに御位の高い、御立派なお方でありましょうと、そのお方のお心の深さも知らずに、お契り申すことは出来ません。」
「ああ、よくぞおっしゃいました。」
と、竹取の翁は感心して言った。
「そこで、いったいあなたは、どのようなお心の方とお契りになろうとお考えになりますか。大体、あの五人のお方は、どなたも皆それぞれにお志の深いお方ばかりですが。」
　かぐや姫は言った。
「どのような心のお方って──別に、何もたいして特別のことは申しませんわ。ほんのちょっとしたことなのです。だいたいあの五人のお方々は、どなたさまも皆、お志の深さはおんなじことですね。どなたさまが勝れ、またどなたさまが劣るということなど、どうしてございましょう。ですから、わたし、皆さんの中で、一番わたしの見たいものをみせて下すったお方に、その方のお志が特別深いものとして、そのお方さまの妻になりますわ。どうか、そうおっしゃって下さいませ。」
「それは、よいお考えです。」
　と、翁もそれに賛成だった。
　さて、日が暮れて、例の五人は集まってきた。それらの人々は、ある者は笛を吹き、またある者は歌をうたい、ある者は唱歌をし、ある者は口笛を鳴らし、そうしてまたある者は扇で拍子をとったりなどして、そういうふうにして、姫を誘い出そうとしていたところへ、翁が出てきて言うのに、

妻問い

Kaguya-hime said: "Shall I tell you the depth of sentiments I require? I am not asking for anything extraordinary. All five men seem to be equally affectionate. How can I tell which of them is the most deserving? If one of the five will show me some special thing I wish to see, I shall know his affections are the noblest and become his wife. Please tell this to the gentlemen if they come again."

"An excellent solution," the old man said approvingly.

Towards sunset the suitors gathered as usual. One played a flute, another sang a song, the third sang from score, and the others whistled and beat time with their fans.

The old man appeared while this concert was still in progress.

He said: "Your visits during all these months and years have done my humble house too great an honor. I am quite overwhelmed. I have told Kaguya-hime that my life is now so uncertain I do not know whether today or tomorrow may not be my last day, and I have suggested to her that she consider carefully and choose one of you gentlemen as her husband. She insists, however, on being sure of the depth of your feelings, and that is only proper. She says she will marry whichever of you proves his superiority by showing her some special thing she wishes to see. This is a fine plan, for none of you will then resent her choice."

The five men all agreed that it was indeed an excellent suggestion, and the old man went back into the house to report what had happened.

Kaguya-hime declared: "I should like Prince Ishizukuri to obtain for me from India the stone begging-bowl of the Buddha. Prince Kuramochi is to go to the mountain in the Eastern

なよ竹のかぐや姫／*Nayotake no Kaguya-hime (the Shining Princess Young Bamboo)*

「さて皆様、皆様は、勿体なくも長の年月、よくもこんな汚ならしいところへお出で下さいまして、恐縮に存じております。わたくしの命も、もう今日明日とも知れませぬのに、このように御親切に言って下さる皆々様のうち、どなたかお一人に、よくよく思い定めてお仕え申しては如何かと、わたくしから姫に申しましたところ、姫は、でも深いお心を知らねば、と申します。それもそうに違いございません。そこで姫が申しますのに、五人のお方々は皆どなたさまもお志に勝り劣りのあるはずはございませんので、その中で、姫の一番見たいと存じますものをお見せ下さいましたお方に、その方が、一番お志が深いものとして、お仕え申すことに決めようというのでございます。それならば、このわたくしも結構だと存じますし、また、どなたさまにいたしましても、そのお恨みを買うことはなかろうかと存じますが。」

　そう言うと、五人の人々も、

「それはいい。」

　と答えたので、翁は中へ入って、姫にそれを伝えた。

　かぐや姫は、

「石作皇子には、天竺に仏の御石の鉢というものがございます。それを取ってきて頂きとうございます。」

　と言い、

「車持皇子には、東海に蓬莱の山という山がございます。その山に、根が銀で出来、茎が金で出来ていて、その上に白い玉が実になっている木がございます。それを一枝折ってきて頂きとうございます。」

　そう言って、なおつづけて、

「今一人のお方には、唐土にある火鼠の裘が頂きとうございます。大伴大納言には、竜の頸にある

Sea called Hōrai and fetch me a branch of the tree that grows there, with roots of silver and trunk of gold, whose fruits are pearls. The next gentleman is to bring me a robe made of the fur of Chinese fire-rats. I ask Ōtomo, the Grand Counsellor, please to fetch me the jewel that shines five colors, found in a dragon's neck. And Isonokami, the Middle Counsellor, should present me with a swallow's easy-delivery charm."

The old man said: "These are indeed difficult tasks. The gifts you ask for are not to be found anywhere in Japan. How shall I break the news of such difficult assignments?"

"What is so difficult about them?" asked Kaguya-hime.

"I'll tell them, at any rate," said the old man and went outside. When he had related what was expected of them, the princes and nobles exclaimed: "Why doesn't she simply say, 'Stay away from my house!'?"

They all left in disgust.

五色に光る玉——それが頂きとうございます。石上中納言には、燕の持っている子安貝——それを一つ、取ってきて頂きとうございます。」

　と言うのであった。

　翁はそれを聞いて、

「ああ、難題ですわい。それらはみな、この国にあるものではなし、そのような難しいことを、いったいどう言って伝えたらよかろう。」

　と、困った。すると、かぐや姫は、

「なにが難題です。」

　と、それに答えて言った。

「いや、ともかく、そう申してみましょう。」

　と、翁は、そこで外に出て行って、

「こういう次第でございます。姫の申します通りに取ってきて頂きましょう。」

　そう言ったので、皇子達や上達部（公卿のこと）達は、それを聞いて、驚きあきれて、うんざりとして、

「そんな難題を言うのなら、いっそなぜ、この近所も歩いちゃいかんと、そうあっさりと言わないのだ。」

　と、捨台白をして帰って行った。

妻問い

三、仏の御石の鉢

と は云え、一旦そうして帰って行ったものの、やはり姫を見ないではこの世に生きている甲斐もないような気がしたので、石作皇子（いしづくりのみこ）は、なかなか気くばりのある人で、天竺にあるものなら、どうかして持ってこられないこともあるまいと思いめぐらしたが、しかしまた思い返してみると、その遠い天竺にも、一つあって二つとないものを、たとえ百千万里も行ったところで、どうして取ってくることができようかと、彼はある日、かぐや姫のところへ、今日こそ、これからわたしは、天竺へ御石の鉢を取りに行くと伝えておいて、それから三年程たって、大和国十市郡（やまとのくにとおちのこおり）のある山寺にあるお賓頭盧（びんずる）の前の鉢が、煤けて真黒になっているのをとってきて、それを錦（にしき）の袋に入れ、その上に造花の枝を添えて、かぐや姫のところへ持ってきて見せた。かぐや姫は不思議に思って、それを見ると、鉢の中に手紙が入っている。ひろげて見ると、

　　海山（うみやま）の路に心を尽くし果て
　　　ないしの鉢の涙流れき
　　（あなたの御注文の仏の御石の鉢をとりに、天竺まで、海山千里の道を心のありたけをつくして、
　　苦労をしてとりに行ったので、わたしは実際血の涙が流れた。と、御石の鉢のちを血にかけて歌っ
　　たのである。）

III. The Stone Begging-Bowl of the Buddha

Nevertheless, Prince Ishizukuri felt as though his life would not be worth living unless he married the girl, and he reflected, "Is there anything I would not do for her, even if it meant travelling to India to find what she wants?"

He realized, however, being a prudent man, how unlikely he was to find the one and only begging-bowl, even if he journeyed all eight thousand leagues to India. He left word with Kaguya-hime that he was departing that day for India in search of the begging-bowl and remained away for three years. At a mountain temple in Tōchi district of the province of Yamato he obtained a bowl that had stood before the image of Binzuru and was pitch-black with soot. He put the bowl in a brocade bag, fastened it to a spray of artificial flowers, and carried it to Kaguya-hime's house. When he presented the bowl, she looked it over suspiciously. Inside she found a note and opened it:

umi yama no, michi ni kokoro o, tsukushi hate
    naishi-no-hachi no, namida nagareki
"I have worn out my spirits on the roads over sea and mountains; in quest of the stone bowl my tears of blood have flowed."

仏の御石の鉢／*The Stone Begging-Bowl of the Buddha*

かぐや姫は光があるかと、その鉢を見ると、蛍ほどの光もない。そこで歌い返して、

おく露の光をだにぞやどさまし
　小倉山にてなにもとめけん
（仏の御石の鉢というならば、せめてほんの草葉の上におく露ほどの光でもあってほしいものだ。ところが、こんな真黒けな鉢を持ってきて、あなたは多分、それをあの暗いという小倉山かどこかで探してきたのだろうが、こんなものをいったいなんだって持ってきたのだ。小倉山は、恰度大和国十市郡にある倉梯山の峰の名で、石作皇子がこの鉢を探してきた所と一致しているのが妙味。）

そう言って、鉢を返されたので、皇子はその鉢を門の前に捨ててしまって、さてまた返歌をした。

白山にあへば光の失するかと
　鉢を捨てても頼まるるかな
（いや、あなたのようなお美しい人に会ったので、多分この鉢も光を失ってしまったのでしょう。わたしは鉢を捨て、恥を捨ててもまだあなたに望みは捨てません。小倉山と言ったから、それに対して白山と返したのである。）

そう詠んで、それを姫のところへ送り返した。しかしかぐや姫は、もうそれには返事もしなかった。皇子の言葉を耳に入れてもくれないので、ぶつぶつ言いながら帰って行った。いったん鉢を捨てておいて、まだその上に性懲りもなく、まかりよければと、更に言い寄ったので、それからそういう風にいけ図々しいことを、恥を捨つ──（鉢を捨てる）と言うのである。

仏の御石の鉢

Kaguya-hime examined to bowl to see if it gave off a light, but there was not so much as a firefly's glimmer. She returned the bowl with the verse,

oku tsuyu no, hikari o danizo, yadosamashi
   ogurayama nite, nani motomeken
"I hoped that at least the sparkle of the fallen dew would linger within—why did you fetch this bowl from the Mountain of Darkness?"

The Prince threw away the bowl at the gate and replied with this verse:

shirayama ni, aeba hikari no, usuru ka to
   hachi o sutete mo, tanomaruru kana
"When it encountered the Mountain of Brightness it lost its light perhaps; I discard the bowl, but shamelessly cling to my hopes."

He sent this into the house, but Kaguya-hime no longer deigned to answer. When he discovered she would not even listen to his pleas, he departed, at a loss for words. Because he persisted in his suit even after throwing away the bowl, people have ever since spoken of surprise at a shameless action as being "bowled over."

四、蓬莱の玉の枝

車持皇子は、思慮の深い人であって、公儀には筑紫の国（九州）へ湯治に行って参りますと言って、お暇を頂戴して、かぐや姫の家へは、

「これから玉の枝を取りに出掛けます。」

と、そう使いの者に言わせておいて、九州を指して下向すると、仕える人々は皆、皇子を見送って難波の港まで来た。皇子はそこで人々に、

「ごく内緒に行くのだから。」

とおっしゃって、人も沢山連れて行かず、まったくのお側付だけをお連れになってお発ちになった。お見送りの人々は、それを見送っておいて京へ帰った。

さて、こういうふうにして、世間へはちゃんと筑紫の国へ行ったようにお見せかけになって、それから三日ほどして皇子は、また難波の港へ船でお帰りになった。かねて用意万端ちゃんと手筈がきめてあったので、早速当時第一流の工匠である内麻呂等六人をお呼び出しになって、なかなか容易なことでは人々の近寄れそうもない家をお作りになり、その家の囲を厳重にして、中にその六人の工匠達をお入れになった。御自身もまた、その中に入られたのである。そうしてその上にまだ御自身が御知行になっている土地、十六ヵ所の荘園を神に御寄進なされ、その神の援助によって玉の枝を作り始められたのである。それは姫が注文したのと寸分違わぬものに出来た。皇子はそれを、人に気づかれ

IV. The Jewelled Branch from Paradise

Prince Kuramochi, a man of many devices, requested leave of the court, saying he intended to depart for Tsukushi to take a cure at the hot springs. He sent word at the same time to Kaguya-hime that he was off in search of the jewelled branch. From the capital he was accompanied as far as Naniwa by his full staff of retainers, but when he was about to sail from Naniwa he announced he would henceforth travel incognito, taking with him only personal servants instead of his customary large retinue. The others returned to the capital once they had seen him off. The Prince, having convinced everyone that he had indeed departed, ordered his ship to be rowed back to port three days later.

Prior to his departure the Prince had made detailed arrangements: six metal-smiths, acclaimed as the treasures of the age, were hired; a house that outsiders would have difficulty approaching was built for them; and a furnace enclosed by triple walls was erected. The craftsmen were installed in the house, where they were joined by the Prince himself, who devoted the revenues of all his sixteen domains to the expenses of fashioning the jewelled branch. When completed, it differed in no particle from Kaguya-hime's description. Having carried through his plan so brilliantly, the Prince secretly left for Naniwa with the branch.

ぬようにこっそりと難波の港に持ち出した。そうして御自分もまたちゃんと船に乗られてから、さて
「ああ、今帰ってきた。」と、始めて自宅の方へお知らせになって、見るからに長の船旅で疲れたような苦し気な顔をしておられた。沢山の人々が迎えにやってきた。

　皇子はその玉の枝を長櫃（ながびつ）の中に入れて、その上に覆（おお）いをして持ってこられた。そのことを、いつの間にか世間では噂に聞いたのだろう、「車持皇子は優曇華（うどんげ）の花をお持ち帰りになった。」と、非常な評判になった。

　これを聞いてかぐや姫は、わたしはこの皇子には負けるのではないだろうかと、まったく胸のつぶれる思いであった。

　そうこうするうちに、門を叩いて人が訪れて来た気配がする。車持皇子がお出でになったとのことである。まだ船路の御旅装のままだというので、とりあえず翁が出てお会い申した。

「命を捨てて、この玉の枝を取ってきた。」

　と、皇子はおっしゃって、

「早速、かぐや姫のお目にかけて頂きたい。」

　翁はそれを持って中に入って行った。見ると、この玉の枝には次のような歌がついている。

　　いたづらに身はなしつとも玉の枝を
　　　手折らでさらに帰らざらまし
　　（たとえ自分は、どのような苦労をして身を投げ出そうとも、どうしてあの御注文の玉の枝を取らずには帰ってこようか。これ、この通り必ず取って参る。恰度（ちょうど）それと同じように、やはり自分は今あなたを貰わねば、なんと言っても帰らない。）

蓬萊の玉の枝

He sent word ahead to his household, informing them of his return by ship and acted as if his journey had been a terrible ordeal. Many people went to Naniwa to welcome him. The jewelled branch was placed in a long wooden chest, covered suitably, and carried ashore. Word soon got around, and rumor had it Prince Kuramochi was bringing back an *udonge* blossom to the capital. When Kaguya-hime heard this, she thought, her heart sinking, "I have been outwitted by this prince."

Just then there was a knocking at the gate, and an attendant proclaimed Prince Kuramochi's arrival.

"The Prince has come here without even changing his travelling clothes," he said.

The old man, impressed, went out to greet the Prince.

"I have brought back, at the risk of my life, the jewelled branch I was sent for," the Prince announced. "Please show it to Kaguya-hime."

The old man took it inside. The Prince had attached a note to the branch:

itazura ni, mi wa nashitsu tomo, tama-no-e o
    taorade sara ni, kaerazaramashi

"Even had it cost me my life, I should not have returned empty-handed, without breaking off the jewelled branch."

While the lady was scanning this verse in dismay, the Old Bamboo Cutter rushed in and

玉の枝も玉の枝だが、この歌もまたこの歌で、なかなか気持ちがしっくりしていると、姫はぼんやりと物思いに耽っているところへ、竹取の翁が入ってきて言うのに、「ほれ、この皇子にお申し付けになった蓬莱の玉の枝を、皇子はこれこの通り、一つの不審の打ちどころもなく、まったくお間違いなくお持ち帰りになった今、もはやとかくのことは申し上げるべきではございませぬ。しかも皇子はまだ旅のお姿のまま、御自宅の方へもお帰りにもなりませず、直接ここへおいで遊ばしたのです。さあ、姫も早くお出ましになって、あの皇子さまにお会いなされて、お仕えなされませ。」

　そう言うのを聞いて、姫はじっと黙って物も言わず、ただ頬杖をついて、深く溜息をつきながら物思いにくれていた。

　皇子は皇子で、もうこうなっては、姫だってなにも言うことはなかろうと、ずんずんと遠慮なく縁側の上へお上りになる。翁は、それも無理のないことだと思っている。そして姫に向かって、

「この玉の枝はわが日本では見られないものです。もう今度という今度は、お拒りするわけにはゆきませぬ。それに、あの皇子さまのお人柄もまた、なかなかいい方でいらっしゃるし。」

　などと言っている。かぐや姫は、

「わたしは親の言うことをただ一途にお拒りするのがお気の毒さに、わざと取れそうもないものを欲しいなどと言ったのに、それをまあ、思いがけなく持っていらっしゃるとは、いっそ口惜しゅうございます。まあどうしたらいいのかしら。」

　と、困っているが、翁はそれにはかまわずに、早や閨の仕度などをしている。翁は皇子に向かって言うのに、

「いったい、どんなところに、この木がございましたのでしょうか。まったくお珍しい美しい結構なものでございますが。」

蓬莱の玉の枝

declared: "The Prince has brought back from Paradise a jewelled branch that answers exactly the description of the one you requested. What more can you ask of him? He has come directly here in his travelling clothes, not even stopping at his own house. Please accept the Prince as your husband without further ado."

The lady not saying a word, brooded disconsolately, her head resting on her arm.

"I'm sure there is nothing further to be said at this point," said the Prince, confidently stepping up on the verandah as he spoke.

The old man, considering that this was indeed the case, said to Kaguya-hime, " In all Japan there is not another such jewelled branch. How could you refuse him now? Besides, he's a man of splendid character."

She answered: "It was my reluctance to refuse outright what you asked of me, Father, that made me request such impossible things."

She found it most exasperating that the Prince should have surprised her in this way by bringing back the branch. The old man busied himself with preparing the nuptial chamber.

The old man asked the Prince: "What was the place like where you found the branch? What a marvellously beautiful and impressive thing it is!"

The Prince replied:

"Three years ago, along about the tenth day of the second moon, I boarded ship at Naniwa and put out to sea. I realized that I had no guidance as to the direction I should head, but I told myself that unless I succeeded in my mission, life would not be worth living, and I decided to let

皇子はそれに答えておっしゃった。

　「いやさ、一昨々年の二月頃、わしは難波の港から船出をしましてな、始めのうちは海の中へ出てみると、いったいどちらの方角へ向けて行っていいものやら、それさえわからず、まったく心もとない次第でしたがな、しかし、この一念思い遂げられずば、もはやこの世に生きてなんになろうと思い定めましてな、ただあてもなく風にまかせて漂うておりました。死んでしまえばそれも仕方がない、けれども、こうして生きておる限りは、いつかは蓬萊の山とやらに出逢うこともあるかと、そう想いましてな、方々を漂流して、しまいにはわが日本の国をも離れて遠方を航海していました。ある時は浪が荒れて、そのために船が海の底にも沈没するかと思われたり、またある時は、風に吹かれて見知らぬ国に吹き寄せられて、そこで鬼のようなものに出てこられて、殺されかかったこともあります。ある時は全然方角がわからなくなって、まったく海の迷子になったこともあります。またある時は、食物がなくなって草の根を取って食ったことさえあります。ある時は、なんとも言いようのない不気味な奴が出て来ましてな、こちらに食いつこうとしたこともあります。ある時はまた、海の貝を取ってそれで命をつないだこともあります。旅の空で助けてくれる人もないところでいろいろの病気をして、それからさきのこともわからず実に心細い思いをしたこともまたありました。そういうふうにして、ただ船にまかせまして海に漂うこと五百日──その五百日目の朝の八時か九時頃のことでした。ふと海の中に、遥か向こうに山が見えます。ただもう夢中に喜んで、船の中からその山に眺め入ってしまいました。するとその山はなかなかに大きい。海の上に浮いているのですが、その山の高さも高く、またその格好もなかなかに美しいのです。そこで、これこそわが求めていた山かと、一時はぞっとするほどうれしく思いましたがな、何分にもさすがにおそろしくもあるので、そのままその山の周囲を二三日も漕ぎ回って眺めておりました。するとある日、天人の装いをした若い女が山の上から出て

the ship be carried ahead at the mercy of the uncertain winds. I reflected that if I died, my struggles would be over; but I was determined that as long as life was left me, I would keep sailing on, in the hope that eventually I might reach the mountain called Hōrai. The ship, drifting on the waves, was rowed farther and farther from Japan. As we moved along, we sometimes encountered waves so rough I thought we would surely sink to the bottom of the sea. Sometimes too we were blown by the winds to strange lands where the people, who looked like demons, attacked and tried to kill us. Sometimes, losing all track of our bearings, we drifted blindly on the sea. Sometimes too our food ran out, and we barely subsisted on roots or shells we took from the sea. And sometimes unspeakably horrible monsters rose in our path, intending to devour us.

"It happened too on our journey, at places where there was no one to help us, that we were afflicted by sicknesses of every kind, and had nowhere to turn for comfort. We drifted on the sea, letting the ship wander as it pleased. Then, at about eight o'clock in the morning on the five-hundredth day of our journey we faintly perceived in the distance a mountain rising from the sea. All of us aboard the ship strained our eyes for a better look. The mountain soared imposingly over the waves, tall and gracefully shaped. This, I thought, was undoubtedly the place I was looking for; but somehow I felt afraid, and for two or three days I sailed around the mountain, surveying it. One day we noticed a woman dressed like some celestial being emerge from the mountain and walk here and there, dipping water with a silver bowl. I went ashore and asked her the name of the mountain. She answered, ' This is the mountain of Hōrai.' Words cannot describe my delight at hearing these words. I asked her then, 'With whom have I the

蓬莱の玉の枝／*The Jewelled Branch from Paradise*

きましてな、銀のお椀で水を汲んでいるのです。そこで、わたし達も船から下りましてな、その女に向かって、『この山の名はなんと申す。』と訊ねますると、女が答えて申しますのには、『これは蓬萊の山です。』と、そう言うのです。さあ、それを聞いた時のうれしさというたらありません。わしは女に向かいまして、『そなたはなんとおっしゃる。』と訊きますと、女は『わたしの名はほうかんるり。』そう言ってそのままぷいと山の中に入ってしまいました。

〔註〕ほうかんるり——宝嵌瑠璃で、宝をちりばめた瑠璃——あるいは、頬覆、伏せ名で結局出駄羅目の名である。

——さてその山といったら、まるで登りようもないほど険しいものなのです。わしはその山の周囲の崖ふちを歩いてみましたが、この世に見られぬ珍しい花の木が多く、金銀瑠璃色の水が山から流れ出しております。またその川には、いろいろの美しい色の玉の橋が掛かっている。周囲の木は皆光り輝いている。そういう中で、今このわしの取ってきた奴は、どちらかと言えばあまりパッとしない方の奴でしたが、しかしかぐや姫がおっしゃったのと違ってはなんにもならぬと考えましてな、それでこれを折り取ってきたのです。ところで、その山の景色といったら、まったく比べようもない絶景で、わしは元来ならもっと長くそこに留まってそれを眺めていたかったのですが、何分にもこの花を取ってからは気が気でなく、急いで船に乗って帰って来たというわけなのです。幸いに追い風が吹いて、四百日余りで帰って来られました。これも全く大願力のおかげでしょう。難波の港から昨日帰って来ました。まだ潮に濡れた着物も取り換えもせずに、早速こちらへやってきたというわけなのです。」
　　これを聞いた翁は感嘆して、深い溜息をついて次の一首を詠んだ。

蓬萊の玉の枝

pleasure of speaking?' 'My name is Ukanruri,' she replied, and so saying went back into the mountain.

"I examined the mountain, but could discover no way to climb it. As I walked around its slopes I saw flowering trees of a kind unknown in this world. Streams of gold, silver and emerald color gushed from the mountain, and spanning them were bridges of many different precious stones. Nearby stood some brilliantly glittering trees. The one whose branch I took was the least impressive, but since it fitted exactly the lady's description, I broke off this spray of blossoms.

"The mountain was incomparably lovely. Nothing in this world even faintly suggests its delights. But now that I had obtained the branch, I was in no mood to dawdle. I boarded ship and, being favored by the wind, returned in a little over four hundred days. Perhaps I owe it to the Buddha's vow to save all mankind that the wind blew me safely to Naniwa. Yesterday I left Naniwa for the capital, and I have come directly here, without so much as changing my brine-soaked clothes."

The old man, having heard the Prince through, sighed and recited the verse:

kuretake no, yoyo no take tori, noyama nimo
  saya wa wabishiki, fushi o nomi mishi

"Through all the generations men have gathered bamboo in mountains and fields, have they ever experienced such unbroken hardships?"

The Jewelled Branch from Paradise

呉竹のよよの竹取り野山にも
　　　さやはわびしきふしをのみ見し
（わたしも長年、竹取りの業をして、野山でずいぶんつらい思いもしましたが、しかしそんなにも困難な思いに出逢うたことはまだ一度もありませんでした。「ふし」は竹の節と、折ふしなどのふしに掛けたもの。よよの竹取りの「よよ」は代々と竹の節々にかけたもの。そうして「呉竹の」は、よよの枕言葉である。）

　　皇子はそれを聞いて、
「随分長い間、思い悩んでいたわたしの心も、今日はやっと落ち付いた。」
と、そう言って、

　　わが袂今日かわければわびしさの
　　　千草のかずもわすられぬべし
（長い間の恋しさと苦しさで、わたしはまったく泣きの涙で暮らしてきたが、今日はやっと姫に会えることになったので、その涙の露にぬれたこのわたしの袂も、どうにか今日は乾いたというものだ。そうしてまた、いろいろの辛いこともどうやら忘れられるというものです。千草のかずは、千草は千草で、いろいろさまざまの、かずと言ったのは草と言ったから、そのかずという意味。）

　　そう返歌をした。
　　こうして、この皇子の場合、すべてはうまくゆきそうであったが、ここに突然、男達が六人連れ立って

蓬莱の玉の枝

The Prince responded: "My heart which for so long has been prey to anxiety today is at peace."

He composed this reply to the old man's verse:

waga tamoto, kyō kawakereba, wabishisa no
  chigusa no kazu mo, wasurarenubeshi

"Now that my sleeve has dried today, I am sure I can forget the many pains I have suffered."

Just then a band of six men burst into the garden. One of them held forth a letter inserted in a presentation stick. He said: "I am Ayabe no Uchimaro, an artisan of the Office of Handicrafts. I beg to report that I served this gentleman by making a jewelled branch for him, working for over a thousand days, so devotedly I gave up all normal nourishment. This was no small sacrifice, but he has yet to give me any reward. Please, sir, pay me now so I can take care of my assistants."

He proffered the note. The Old Bamboo Cutter shook his head in perplexity, wondering what the workman was talking about. The Prince stood there dumbfounded, looking utterly disconcerted.

Kaguya-hime, hearing what had happened, exclaimed,
"Bring me that letter!" She examined it, and this is what it said:

"For a thousand days the Prince remained in hiding together with us lowly workmen, and he ordered us to make him a magnificent jewelled branch. He promised he would even give us

やってきて、それが姫の家の庭へ入ってきた。その中の一人が、棒の先に文を挟んで差し出して言ったのである。

「細工所の細工人の頭、漢部内麻呂が申し上げまする。玉の木を作りますについては、わたくしら粉骨砕身五穀を断ちまして奉仕いたしましたこと、ここに千有余日、その間力を尽くしましたること少なくはございませぬ。しかるに、いまだそのお給金を頂戴いたしておりませぬ。これを頂戴いたしまして、早速家の子一統に分かち与えたいと存じまする。」

竹取の翁はびっくりして、首をかしげて、

「この細工人らが申すことはいったい何事でございますか。」

皇子は周章狼狽て、魂も消え入るばかりであった。

かぐや姫はそれを聞いて、

「その申し文をお見せ下さい。」

そう言ってその手紙を受け取って見ると、それには次のように書いてあった。

「皇子さまには、われら賤しい細工人とともに同じ場所にお隠れになること千余日、その間、立派な玉の枝をお作らせになって、それが出来上がった時には、われらにお給金は勿論、官職をもおさずけ下さるとのお話でございました。これをただ今になって考えてみまするのに、これはやがて御側室にならせられるところの、ここのかぐや姫の御入用のものと承りまして、それをこちらのお宅から頂くのが当たり前かと存じまして、それで、ただ今頂きに参りました。」

これを見るとかぐや姫は、折柄暮れかかる夕暮れのように思い悩んでいた顔が急にひらけて、ニコニコと笑い出し、急いで翁を呼んで言うのには、

「本当の蓬莱の木かとばかりわたしは思って、困っておりました。でも、そうでなくてうれしゅう

official posts as our reward. Recently we thought the matter over carefully, and it occurred to us that the branch was surely the one demanded by Kaguya-hime, the Prince's future lady. That is why we have come to this household, to receive our just reward."

"Yes," the men insisted, "We must be paid!"

At their cry Kaguya-hime, whose spirits had been steadily darkening as the day drew to a close, suddenly burst into merry laughter. She called the old man to her, and said, "I thought the branch really came from a tree in Paradise, but obviously it is a disgraceful counterfeit. Please sent it back at once."

The old man nodded and said, "Now that we know the branch is definitely not genuine, it is a simple matter to return it."

Kaguya-hime's spirits had been completely restored. To the Prince's poem she now sent the reply:

makoto ka to, kikite mitsureba, koto-no-ha o
  kazareru tama-no-eda nizo arikeru
"Wondering if your story might be true, I examined the jewelled branch, but it was a sham, like your words."

She sent back the branch. The Old Bamboo Cutter, embarrassed that he had tried so hard to persuade the girl to marry the Prince, shut his eyes, pretending to sleep. The Prince, uncom-

53

ございます。こんな呆れた偽物を持っていらっしゃるとは、もう一刻も早くあのお方をお帰しになって下さい。」

　翁も、

「こうとはっきり偽物だとわかってみれば、もう、あの方を追い帰すことなんかわけはない。」

　と、うなずいた。

　かぐや姫は、今は心が晴れわたって、さっきの皇子の歌に返歌を作った。

　まことかと聞きてみつれば言の葉を

　　飾れる玉の枝にぞありける

　（本当の玉の枝かと思ってみれば、なんのことはない、それは言葉を本当らしく飾った、偽りの玉の枝であった。）

　それと一緒に玉の枝も返してしまった。

　竹取の翁は、さっきはあんなに皇子と親しく話し合ったのが、今はさすがに気まりが悪いのか、狸眠りをしている。

　皇子は立って帰るのも具合がわるく、そうかといって、じっとしているのも照れ臭いので、そのままそこに坐り込んでおいでになった。やがて日が暮れてきたので、その暗さに紛れて、こっそりと姫の家を出て行った。

　かぐや姫は、さっきのお願いにきた細工人達を呼び入れて、有り難い人達だとばかりに、給金をたくさん取らせた。すると、細工人達は非常によろこんで、「ああ思った通りに頂けた。」と、嬉々として

蓬莱の玉の枝

fortable whether he stood or sat, waited outside uneasily until it grew dark, when he slunk off.

Kaguya-hime summoned the workmen who had presented their grievances. "Happy men!" she cried, and bestowed generous rewards on them. The men were delighted, and left saying, "We got exactly what we wanted." On the way home, however, they were intercepted by Prince Kuramochi, who had them thrashed so severely the blood flowed. Their rewards did them little good, for every last gift was snatched away, and they had to run off for dear life.

The Prince said: "No greater disgrace could befall me in this existence. I have failed to win the girl, and I am mortified to think how the world must despise me." He went off all by himself deep into the mountains. His palace functionaries and personal attendants set off in parties in search of him, but being unsuccessful, they could only conclude that he probably was dead.

The Prince disappeared for several years, wishing to avoid being seen by his people. It was from this time that people began to speak of someone as being "stony-hearted" if he astonishes others by trying to pass off as genuine a false stone.

帰りかかったが、その途中で、車持皇子のために彼等は血が出るほどにもひっぱたかれた。折角貰ったお給金も甲斐もなく、皆捨てさせられてしまって、さては、ほうほうの態で逃げ失せたのである。

　こういうわけで、皇子は、

「一生の恥、これに過ぎたるものはない。愛する女を得られなかったばかりでなく、第一、天下の人の見る目も恥ずかしい。」

　と、そうお言いになって、それからは、ただ一人で深い山の中へお入りになってしまった。宮家の家来達は、皆それぞれに手分けして皇子をお探し申したけれども、お亡(かく)れにでもなってしまったのか、とうとうわからずじまいにおなりになった。

　おそらく皇子は、世間の手前は勿論、お供の人々にさえお恥ずかしくて、もう姿を消してしまおうと、それからずっとお姿をお見せにならなかったのだろう。この時から、こうした事を、たまさかる(注)、と言うのである。

〔註〕魂離(たまさか)る——魂が抜けてぼんやりとしてしまう。

蓬萊の玉の枝

五、火鼠の裘

右大臣阿部御主人という人は、財産も豊かで、一族の栄えた人だった。その年にやってきた唐土船（支那の貿易船）の王慶という者のところへ手紙を書いて、火鼠の裘とかいうものを買ってきてくれと、お側付の者の中でも心のしっかりとした者を選んで、小野房守という者に、その手紙を持って行かせた。房守はその手紙を持って、博多に来ていた王慶のところへいって代金を手渡した。王慶はその手紙を読んだ上で返事を書いた。

「火鼠の裘は、わが国（支那）にはないものであります。噂にはかねて聞いておりましたが、まだ一度も見たことはございません。もしその火鼠の裘なるものが、この世にありますものならば、御地（日本）にもきっと渡来いたしたることがあるべきはず、しかもまだお目にも入らざる御様子では、先ずはこの世にないものかと存ぜられまする。いずれにしても、ご注文の儀は難中の難に存ぜられまする。しかしながらもし、万一天竺（印度）にでも渡来いたしますようなことがありますれば、わが国の二三の長者（金持ち）にでも訊いてみますれば、あるいはその手掛かりが得られないものでもございますまい。もしまた、絶対にこの世にないものでありましたなら、御委託のこの金子は、早速ながら、あなたの御使いに託しましてお返し申し上げることに致しましょう。」

そう返事を出しておいて、王慶は小野房守を連れて、支那へ帰って行った。それから幾月かたって、またその船が日本へやってきた。小野房守は、その船で日本へ帰ってきて京へ上ってくるというので、

V. The Robe Made of Fire-Rat Fur

The Minister of the Right Abe no Miushi was a man of wealth and the master of a flourishing household. That year a gentleman named Wang Ching arrived aboard a Chinese merchant ship, and Abe no Miushi wrote him a letter asking him to buy and send what had been described as a robe of fire-rat fur. He entrusted this letter to Ono no Fusamori, an especially reliable retainer. The man took the letter to Wang Ching and presented it, together with a sum in gold.

Wang opened and read the letter, then wrote the reply:

"Robes made from the fur of fire-rats are not obtainable in my country. I have indeed heard of such things, but have yet to see one. If any really existed, surely someone would have brought one to China. This will entail some very difficult negotiations. However, on the chance that one may have been imported into India, I shall make enquiries at the houses of the rich men there. If my search proves unsuccessful, I shall return the money with your servant."

The Chinese ship left for China, only presently to return to Japan. The Minister, learning that Fusamori was in Japan and on his way to the capital, sent a swiftfooted horse to meet him. Fusamori mounted the horse and rode from Tsukushi to the capital in a bare seven days. He brought a letter from Wang Ching:

阿部御主人は待ちかねて、足の疾い馬を出して迎えにやった。

　房守は、その馬にのって、筑紫（九州）から僅か七日で上京してきた。その持ってきた手紙を見ると、こう書いてある。

「火鼠の裘は、ようやっと人を出して買い求めました。この裘は、いったい今の世にも昔の世にも、仲々容易にはないものでありまして、昔天竺（印度）の聖僧が、この国（支那）へ持って参りましたのを、遥か西方の山寺に保存してあると聞きまして、公儀にも朝廷にもお願い申しまして、やっとのことで買いとったものであります。ついては、代金が少し不足だと役所の方からわたしの使いの者に申し越されましたので、わたし（王慶）から金を足して買い取っておきました。そこで今、金子を五十両だけ、早速お送り願いとうございます。この船が帰ります時に、それだけのお金をどうかおとどけ願いとう存じ上げます。もしまた、そのお代金が頂けません時には、どうかこの裘をそっくりそのままご返却願いとう存じまする。」

　その手紙を見て、阿部御主人は喜んで言った。

「何をおっしゃる。お金といっても、あと少しばかりのことではありませんか。なんの送らぬなどということがございましょう。必ず必ず、お送り申し上げますとも。ああ裘が手に入って、こんなうれしいことはない。」

　と、彼はうれしさのあまり、支那の方へ向かって手を合わせて拝むのであった。

　その裘を入れた箱と言えば、いろいろの美しい宝玉をちりばめて作ってあった。裘は紺青の色である。その毛のさきは金色に光っている。いったいこの火鼠の裘というものは、着ていてもしも汚れてきたような場合には、それを火で焼くと、いっそう美しくなるというものなのだが、しかしそのように火であぶっても焼けないなどということよりも、なによりも第一に、その美しさが素晴らしいのである。

火鼠の裘

"I have managed with great difficulty, by sending my men everywhere, to acquire the robe of fire-rat fur I am now forwarding. A robe of this fur has never been easy to obtain, whether now or in the past. I was informed that long ago a great Indian priest had brought one to China, and that it was now preserved in a mountain temple to the west. Eventually, with the assistance of the authorities, I was able to purchase it. The officials told my man that the money you sent was insufficient, and I was therefore obliged to add some of my own. I should appreciate it if you would kindly remit fifty ounces of gold by the return voyage of the ship. Please return the robe if you are unwilling to send the money."

When the Minister read these words he exclaimed:

"How can he suggest such a thing? He's only asking for a trifle more money, after all. Of course I'll give it to him. How wonderful that he found the robe and sent it to me!"

He made a deep bow in the direction of China.

The box containing the robe was inlaid with precious stones and glittered resplendently. The fur itself was a bluish-black, and the hair-tips shone with a golden light. This obviously was a treasure of incomparable beauty. Its beauty indeed was even more remarkable than its vaunted imperviousness to flame.

"I can see why Kaguya-hime should have wanted it so," said the Minister. "What a magnificent robe it is!"

He placed the robe in a box, attached the box to a branch, and beautified himself with great care, imagining he would spend that very night at her house. He composed a poem to take along:

実際、それは見ただけでも如何にも珍宝という感じのする尊いものだった。
「かぐや姫がこれをお欲しがりになるのも無理はない。」
と、阿部御主人はそれを眺め、嘆息して、
「ああ、勿体ない。」
　と、またそれを箱に入れて、何かの花の枝につけて、そうして御自分は、大層なおめかしで、今晩はどうせ姫の家に泊まることになるのだからと、大変なご機嫌でお出掛けになった。その時歌を詠んで、それを箱につけて行った。その歌はこうである。

　　かぎりなきおもひに焼けぬ裘
　　　袂乾きて今日こそは着め
　（かぎりなくあなたをお慕いするこのわたしの胸の中、その胸の火にも焼けないこの裘、その裘を今日という、今日こそは、あなたに差し上げることが出来るので、わたしの今まで毎日泣きの涙で濡れていた袂も、ようやっと乾いて、今日は楽しい気持ちであなたとお嬪いすることが出来る。おもひのひを火にかけてある。）

　　阿部御主人は、姫の家の門の前に立った。案内を乞うと、竹取の翁が出てきて、裘を受け取って、かぐや姫に見せた。
　　かぐや姫はその裘を見ると次のように言った。
「まあなんと見事な裘でしょう。でも、だからと言って、これが本当の火鼠の裘かどうかは、まだわかりませんわね。」

火鼠の裘

kagiri naki, omoi ni yakenu, kawagoromo
    tamoto kawakite, kyō koso wa kime
"I have burnt with the flames of boundless love, but today I wear with dry sleeves the fur robe that does not burn in fire."

The minister took the box to Kaguya-hime's gate and waited there. The Bamboo Cutter came out, accepted the gift, and showed it to Kaguya-hime.

"What a lovely robe it is!" she said as she examined it, "But I still cannot be sure it is the genuine fur."

The Bamboo Cutter answered: "That may be so, but I'll invite him in anyway. In all the world there is not another such fur robe. You'd best accept it as genuine. Don't make people suffer so!"

He invited the Minister inside and seated him.

The old woman, seeing the Minister ushered to the place of honor, was also convinced in her heart that this time the girl would be wedded. The old man had grieved that Kaguya-hime was still single and worried himself over finding a suitable husband for her, but she was so resolutely opposed that he naturally had never tried to force her.

Kaguya-hime said to the old man, "If this fur robe does not burn when it is put in fire, I shall admit that it is genuine and do what is required of me. You say you have never seen its likes and that you have no doubt but that it is genuine, but I should like to test it in fire."

竹取の翁は答えて言った。

「何はともあれ、ともかく中へ入っていただきましょう。これは世間に見あたらない立派な裘のようですから、まずまず本当のものとお考えにならなければなりませぬ。あなたのように、あんまり人に侘しい思いをばかりおさせするものではありませんぞ。」

　そう言って、阿部御主人を呼んでお通しした。

　今度こそは、きっとこのお方とお話がつくだろうと、翁は勿論、媼（婆さん）までが、心ではそう思っていた。翁は常々、かぐや姫がいつまでも良人を持たずに独りでいるのを、心もとながっていたので、よいお方があったら早く妻合わせたいものだと思っていたが、何しろ、本人がどうしても厭だというので、無理強いも出来なかったのである。

　さてかぐや姫が翁に言うのに、

「この裘を火に焼いてみて、もし焼けなかったらその時こそ、これを本当の裘だと思いまして、わたしはあの方の言う通りになりましょう。あなた（翁）は、これを世間に見かけないものだからとおっしゃって、本当のものと思えるとお言いになりますが、やっぱりこれは、どうしても一度火にくべてみましょう。」

　そう言われると、翁も、

「そう言われれば、それもそうに違いありませんな。」

　とたちまち意見を翻して、姫がこう申しますと、大臣に言った。

　大臣はそれに対して、

「この裘は、いったい唐土にもなかったものをやっと探し求めて得たものなのです。品物については、何の疑いがございましょう。けれども、そうおっしゃるなら、さあ早くお焼きになってごらん下さい。」

　と答え、それを火に打ちくべて焼かせてみると、たちまち、めらめらと焼けてしまった。

火鼠の裘

"That is quite reasonable," said the old man, and so informed the Minister.

The latter replied: "I secured this fur robe, which was not even to be had in China, with the greatest difficulty. What doubt could there be? All the same, please do test it in the flames at once."

Kaguya-hime asked someone to place it in the fire, where it burned brightly.

"Just as I thought," said Kaguya-hime, "The robe was an imitation."

The Minister, seeing this, turned the color of leaves of grass. Kaguya-hime was enchanted. She wrote a poem in response to the Minister's, and put it in the box:

nagori naku, moyu to shiriseba, kawagoromo
    omoi no hoka ni, okite mimashi o

"Had I known it would burn, leaving not a trace, I should not have worried so, but kept the fur robe away from the flames."

The Minister departed.

People crowded around the old man's house and asked, "We hear that Minister Abe has brought a robe of fire-rat fur and is living with the lady. Is he here now?"

Someone answered, "When they put the fur into the fire it burst into flames, so Kaguya-hime won't marry him."

Those who heard the story transmitted it, and ever since people have said that when a plan is not carried out it falls into *Abe*-yance.

火鼠の裘／*The Robe Made of Fire-Rat Fur*

「そうれ、ごらんなさい、だから贋物の皮なのですわ」と、姫は言った。大臣はこれを見て、顔の色は草の葉のようになっていた。かぐや姫は喜んで、ああうれしと言って、早速裘の箱にさっきの歌の返歌を入れて、それを御主人に返した。その返歌はこうであった。

 名残なく燃ゆと知りせばかは衣
  おもひの外に置きて見ましを
 （こんなに呆っ気なく、めらめらっと燃えてしまうのだったら、こんな裘のために心配したり気をもんだりするのではなかったのに。いや、火にくべたりもするんじゃなかったのに。焼いてしまってお気の毒をした。おもひのひを火にかけて、火の外に置いておくんだったという意。）

 そういうわけで、大臣はしおしおと帰って行った。それを世間の人々は、
「阿部大臣は火鼠の裘を持っていらっしゃったのだから、それでかぐや姫のお聟さんになって、この家にお入りになったとな。もうここに住んでいらっしゃるのかしら。」
 などと問うた。
 するとある者は、
「いやいや裘は火にくべて焼いてみたところが、めらめらっと燃えてしまったので、かぐや姫は大臣をお振りになったのだ。」
 と言った。世間ではこのことを聞いてから、その時から、とげなきものを即ち遂行なきものを——（思うとおりにならなかったことを）——あへなし——（阿部なし）——と言ったのである。

〔註〕とげなきものを、また一説にはとげなきもの——即ち利気なきもの——利き心のない——ぼんやりした者の意にもとる。

火鼠の裘

六、竜の頸の玉

大伴御行（おおとものみゆき）大納言は、自分の家に召し使っているすべての人々を一堂に集めておっしゃった。

「竜の頸に、五色に光る玉がある。それを取って来た者には、望みのものを何んでもつかわすぞ。」

　ところが、それを聞いた男達は、

「我が君の御命令はまことに畏れ多い次第であります。けれども、いったいこの玉というものは、およそ、なかなかに得難い代物でございます。まして、竜の頸の玉などというものは、いったいどういうようにして取ったらよろしいものでございましょうか。」

　そう、銘々に呟きあったのである。

　そこで大納言は言った。

「そもそも家来というものは、命を捨てても主君の言いつけを果たそうとこそ思うのが、その本分ではないか。まして、この国にない天竺唐土の物をと言うではなし、竜はわが国の海山から上り下りするものである。それをいったいなんと心得て、お前等は難（むつか）しいなどと言えるのか。」

　そこで男達が言ったのには、

「それならば、致し方もございません。如何ように困難なる代物でありましょうと、仰せに従いまして、探しに参りましょう。」

　大納言は男達のさまを眺めて、笑って言った。

VI. The Jewel in the Dragon's Neck

Ōtomo no Miyuki, the Grand Counsellor, called together all the members of his household and announced:

"A dragon carries a shining five-colored jewel in his neck. Anyone who can get one for me will have whatever he desires."

His men, hearing these words, said, "Your lordship's commands are exceedingly gracious. But such jewels are not easy to come by, and how could we possibly get one from a dragon's neck?"

The Grand Counsellor retorted, "Servants should try to fulfill their master's orders, even if at the risk of their lives. I am not asking for something from India or China that cannot be found in Japan. Dragons are constantly rising from the sea and descending from the mountains in this country. What makes you think it is so difficult?"

"In that case," said the men, "We shall say no more. However difficult it may be, we will go and search for the jewel as you command."

The Grand Counsellor smiled. "You have acquired quite a reputation for being faithful servants of your master. How could you disobey my orders?"

「それでよい。お前等はこの大伴家の家来として、天下にその名を謳われている者、どうしてこのわしの命に背いてよいものか。」

　そして、男達を竜の頸の玉を取らせに出発させた。この男達の途中の兵糧として、お家の中のありとあらゆる絹、綿、お金などを取り出して、それを男達にお与えになったのである。なお言われるのに、

「お前達が帰ってくるまでは、このわし自身も精進潔斎をして、お前達の帰りを待とう。もし、この玉をよう取り得なかったら、もう二度とお前達はここへ帰ってくるのではないぞ。」

　皆は、お言葉を承ってぞろぞろと外へ出た。御主君が、竜の頸の玉を取り得なかったら、もう二度とここへ帰ってくるのではないぞとおっしゃったので、そのようなものは、始めから取れる筈のものではなし、銘々皆勝手勝手に足の向く方へ、どちらへなりと自由に散って行こうとした。皆口々に罵り合って、なんという物好きなことをされるんだろうと、悪口を言った。下がり物は、みんなでそれぞれ勝手に分配して、ある者はそれを持ってそのまま自分の家にドロンをきめ込むし、またある者は、勝手に行きたい方へ行った。親であろうが、我が君であろうが、こんな出駄羅目なことをおっしゃるようではどうしようもないと、皆で大納言を誇りあったのである。

　それとは知らぬ大納言は、

「かぐや姫を住まわせるには、普通の家ではみっとももない。」

　と仰せられて、早速特別立派な家をお建てになり、それに漆を塗り、また蒔絵を書いたりして彩色をほどこし、屋根の上にはいろいろに染めた美しい糸を葺かせて、内部の装飾は、はやもうなんとも口では言いようのない立派な織物に、それぞれ絵を書かせて、それを一部屋一部屋にお張らせになった。その上、元からいらっしゃる御奥方や御側室は、すべて追っぱらっておしまいになって、どんな

竜の頸の玉

He sent them off in search of the jewel in the dragon's neck, stripping his palace of all its silk, cotton, and copper coins to provide them with the means of paying for their food along the way.

"Until you return we shall refrain from eating animal food," he promised, "But don't come back without the jewel!"

The servants departed, each with his instructions. "He told us not to return without the jewel from the dragon's neck—let's just hie ourselves off in whatever direction our feet happen to take us. What a crazy thing to ask of us!" grumbled the servants. They divided up the valuables they had been given; then some returned to their own homes while other set off for places they had long wished to visit. All abused the Grand Counsellor for having issued such unreasonable orders, impossible to execute even if they came from a father or master.

The Grand Counsellor next announced: "I should be exposing myself to ridicule if I asked Kaguya-hime to live here without even altering the place."

He proceeded to build a magnificent house for her, its walls lacquered and sprinkled with gold, and its roof thatched with silken threads of many colors. The rooms were furnished with indescribable splendor, and paintings on figured damask hung in each alcove. The Grand Counsellor, certain that Kaguya-hime would become his bride, set his concubines to work making preparations for the wedding and, neglecting his first wife completely, spent his days and nights alone.

The Counsellor waited every day for the men he had despatched, but no news had come

ことがあろうとも、必ずや、かぐや姫をお迎えするのだと、その御準備のために、たったお一人で明け暮れお暮らしになっていた。

　さて、竜の頸の玉を取りにお遣わしになった男達は、大納言が夜昼となくお待ちかねなのにもかかわらず、その年が明け、翌年になっても、一向に音沙汰がなかった。大納言はじりじりとして、内密で、たった二人の従者をお連れになって、御微行で難波の港の辺りにお越しになった。そこで、ある舟人にお問いになるのに、
「大伴大納言の家来が船に乗り込んで、竜を殺して、その頸の玉を取ったという噂は聞かぬか。」
　すると、舟人は答えて言うのに、
「これはこれは、変なことをおっしゃる。」
　と笑って、
「第一、そんな無謀なことをするために、船を出すような船頭は、この辺には一人だっておりはしませぬ。」
　それを聞いて大納言は心の中で、
「意気地のない船頭どももあったものかな。このわれわれ大伴一家の強いことを知らぬので、それで、そんな臆病なことを言うのだろう。」
　そうお思いになって、
「我が弓の力は、竜がおればちょっくらそいつを射殺して、その頸の玉を取るくらいはなんでもないのだぞ。もうこうなった上は、ぐずぐずとして、未だに帰って来んような家来の奴ばらを、じっとして待っているのは我慢が出来ん。」
　と、そうおっしゃって、船に乗って、海という海をあちこちと漕ぎ回るうちに、だんだんと遠くへ出て、いつの間にか筑紫の海まで来てしまった。

竜の頸の玉

by the New Year. In his impatience, he disguised himself and went in great secret to the region of Naniwa, accompanied by only two retainers. There he made enquiries: "Have you heard anything about the men of the Grand Counsellor Ōtomo who sailed off to slay a dragon and take the jewel in its neck?"

"What a strange story!" replied a boatman with a laugh. "We have no boats here that do that kind of work."

The Grand Counsellor thought, "What an irresponsible answer for a boatman to give! He doesn't know who I am. That's why he talks that way."

He reflected a while, then said to himself, "I am strong enough with my bow to shoot dead any dragon that shows itself. I'll get the jewel for myself. I won't wait for those rascals to come straggling home." He boarded a ship and sailed round from one arm of the sea to the next, until he reached the distant ocean off Tsukushi.

What happened then? A terrible gale began to blow, everything went dark around them, and a storm tossed the ship helplessly hither and thither, until they lost all track of direction, and it seemed that the wind would surely blow the ship out into the middle of the ocean. The waves lashed again and again at the ship, sucking it down, and lightning flashed almost on top of the vessel. The Grand Counsellor cried out in utter bewilderment: "I've never been in such a horrible predicament before. What will become of me?"

The steersman replied, "In all the years I have been sailing the seas, I've never seen such a terrible storm. If the ship doesn't go down, it's sure to be struck by lightning. And even if by

するとその時、どうしたことか、一大暴風が吹き出し、天地が真っ暗になって、船をぐんぐんと吹き流すのであった。

　いったいどちらの方角へ流されたのか、てんでわからぬ。風はますます船を海の真っ只中へ押し流すし、波はどしんどしんと船にぶつかって、渦巻きの中へ巻き入れようとするし、雷は頭の上で鳴って落ちそうだし、おまけに凄い稲妻なので、さすがの大納言もはや全く途方にくれた。

「ああ、わしはまだ、こんなにつらい思いをしたことは、生まれて一度もない。まあ、いったいこれはどういうことになるのだろう。」

　と、そうおっしゃった。

「わたしも、長年船に乗って方々漕ぎ回りましたが、まだこんな恐ろしい目にあったことは一度もございません。この調子では、幸いに船が沈没いたしませぬとすれば、反対に頭の上から雷が落ちて参ることでしょう。もし幸いに、神のお助けによりまして、かりにその両方が助かりまするとしましても、とどのつまりは、やはり遠い南海に打ち流されることでしょう。ああ、けしからぬ御主人のお供を致しまして、わたしも全く思いもかけぬ、悲しい最期を遂げるものですわい。」

　そう言って、その船頭は泣きだした。

　大納言はそれを聞いて、

「船に乗っては、船頭の言葉が何よりのたのみであるのに、お前はまあ、どうしてそんな頼り無いことを言うのか。」

　と、思わず、げろげろっと青反吐をお吐きになった。

　そこで、船頭が言うのには、

「神ならぬ身の、わたしに何が出来ましょう。風が吹き浪が荒い位のことなら、このわたしも長年

竜の頸の玉

some good fortune the gods spare our lives, we'll probably be blown all the way to the South Seas. It's all because I serve such a crazy master that I must die like a fool!"

He wept.

The Grand Counsellor, hearing these words, cried, in between violent bouts of vomiting, "When aboard ship I trust in what the steersman says as in a great mountain. Why do you say such disheartening things?"

The steersman answered, "How should I know how to help you? I'm not a god. It's all because you were looking for a dragon to kill that the wind has been blowing and the waves raging. On top of everything else, we're even getting thunderbolts rained down on our heads. This storm has been blown up by a dragon's breath. Make your prayers to the gods, and don't delay!"

"A good suggestion," said the Grand Counsellor. "God of steersmen, hear my words! I intended in my foolishness to kill a dragon. But from now on I'll never disturb so much as the tip of a dragon's hair."

He bellowed this assurance in a loud voice, now standing, now sitting, shouting and weeping all the while. Gradually the thunder abated, perhaps because he had repeated these words at least a thousand times. Lightning still flashed a little, and the wind blew hard as ever, but the steersman commented, "You see—the storm was a dragon's doing. The wind now is favoring us. It's blowing us in the right direction."

The Grand Counsellor paid no attention to these words.

竜の頚の玉／*The Jewel in the Dragon's Neck*

なれておりますが、雷さえも頭の上から落ちかかるとは、これはどうしても、あなた様が竜などを殺そうとお考えになったからなのです。いったい、この暴風にしてからが、竜神様のお吹かせになるものに相違ありません。さあ、何を置いても、いち早う神にお祈りをなさいませ。」

　そう言ったので、たちまち大納言は、

「ああ、それがいい。」

　と言って、

「南無船霊大明神様、どうぞおきき下さいませ。この方愚かにも無鉄砲にも、かりにも竜神様を殺そうなどと大それたことを考えまして、まことに畏れ多く存じます。これから後は、たとえ御神体の毛一本にしても、お触り申すべきではございませぬ。どうぞお許し下さいませ。」

　そう大声で呪文をとなえて、立ったり坐ったり、泣き泣きお祈りをしたのが千度ばかり、そのためにか、やがてだんだんと、雷の音も止んできたのであった。

　少し天地が明るくなった。けれども、なお風は猛烈に吹いている。

「ああ、してみれば、やはりさっきの嵐は竜神様の仕業であった。ところで、今この吹く風は、これはよい方の風です。つまり順風です。これは逆風ではございません。この風に乗ってゆけば、どうやらわたし達も国へ帰れそうです。」

　そう言うけれども、大納言は、もはや怖じ気がついていて、どうしてもそれを信じない。

　さて、それから三四日もその風が吹きつづけて、どうやら船を元のところへ吹き返してきたらしかった。ふと、岸を見ると、それは播磨の国の明石の海岸であった。けれども、大納言はこれをてっきりと南海の岸に吹きよせられたものと思って、へとへとになって倒れてしまっている。お付きの例の二人の従者が、役場に届けてきたので、役人がわざわざ船に見舞いに来たけれど、それでも、大納言は

竜の頸の玉

The wind blew for three or four days and brought them back to land. The sailors recognized the coast as Akashi in Harima. The Grand Counsellor, however, imagining that they must have been driven ashore somewhere in the South Seas, heaved a great sigh and lay flat on his face. The men aboard the ship reported to the government office on shore, and the local officials went to call on the Grand Counsellor. Even then he was unable to rise, but continued to lie on his face at the bottom of the ship. They spread a mat for him in a pine grove, and unloaded him from the ship. Then, for the first time, he realized that he was not in the South Seas, and with great difficulty managed to stand. He looked like a man with some horrible sickness—his belly bulged out grotesquely and he seemed to have plums for eyes. The officials could not hold back their smiles when they looked at him.

The Grand Counsellor gave orders to the officials to have a sedan chair prepared for him, and he was borne home, groaning all the way. When he arrived, the men he had sent out, who had somehow got word of his return, appeared and informed him.

"We couldn't get the jewel in the dragon's neck, and that's why we didn't come back to serve you. We've returned now that you've found out how difficult it is to get the jewel. We're sure you won't punish us too severely."

The Grand Counsellor sat up.

"You did well not to bring one back. Dragons belong to the same species as the thunder, and if you had tried to capture the jewel, many of you would have been killed. And if you had actually caught a dragon, it certainly would have meant the death of me. I'm glad you didn't

よう起き上がらずにべったりと船底に寝ていた。仕方がないので、海岸の松原に筵(むしろ)を敷いてその上に下ろした。その時になって、やっと大納言は、これが南海の島ではなかったのを知って、かろうじて起き上がりかけたが、見ると、この人はふだんから風邪を引くと、大体が容態の重い人なので、この時もお腹がぷくぷくにふくれて、おまけに左右の目はまるで李(すもも)を二つくっつけたように腫れてしまったのである。これにはとうとう役人も笑い出してしまった。

　ところで、大納言は早速役所に命じて、手輿(たごし)を作らせて、それに乗ってうめきながら舁(か)がれて家へ帰って来た。それを、どうしてどこから聞き込んだのか、せんに竜の玉を取りにやらされた家来どもが聞きつけて、やって来て言うのには、

「わたし達は、竜の頸の玉をよう取りませんでしたので、実は御殿へもよう参りませんのでした。ところが今は、殿様もその玉の取り難いことを充分お承知におなりでしょうから、もはや勘当のこともございますまいと思いまして、またこうして参上いたしました。」

　大納言は、起き出しておっしゃるのに、

「お前方、よくまあ竜の頸の玉をとってはこなかった。いったい竜というやつは、雷様の御同類である。そいつの玉を取ろうなどとして、うっかりわしはお前達沢山の家来を殺すところであった。これがもし竜を捕まえたりしたのだったら、なんのことはない、このわしまでがむざむざと殺されてしまうところだったのだ。お前達は、まあよく竜を捕まえないでくれたものだ。いったいこれは、大体かぐや姫という大盗人(おおぬすっと)が、われわれを殺そうとしてたくらんだことなのだった。わしはもう二度とあんな奴の家の近所をさえ、歩くまい。お前達も、あんな奴のところをもう歩くんじゃないぞ。」

　そして、まだ家に少しのこっていた綿やお金などを、こんどは竜の玉を取って来なかった者達に、おさずけになったのである。

竜の頸の玉

catch one! That cursed thief of a Kaguya-hime was trying to kill us! I'll never go near her house again. And don't you go wandering around there either!"

He bestowed on the men who had failed to bring back the jewel what little remained of his fortune. When his first wife, from whom he had separated, heard about this, she laughed until her sides ached. The roof that had been thatched with silken threads was pillaged completely by kites and rooks, to line their nests.

People asked, "Has the Grand Counsellor Ōtomo gone off to find the jewel in a dragon's neck?"

"No," said others, "Where his eyes should be he has stuck stones that look like plums."

"Oh," they answered, "that's plumb foolish."

And from that time on people spoke of any ill-starred venture as being "plumb foolish".

これを聞いて、前に離縁された元の奥方は、おかしくて腹の皮がよじれるほどにお笑いになった。また、例の色糸で、綺麗にお葺かせになった家の屋根はと言えば、鳶や烏が巣を作るためにみんなそれをくわえて持って行ってしまっていた。
　そこで、世間の人々が言うのに、
「大伴大納言は、いったい竜の玉をお取りになっていらっしゃったのかしら。いやいや、そうじゃない。お目に二つの李のような玉をつけてお帰りになった。」
　そこで、
「あなたへがたし——^(注)（ああおかし——そりゃたまらん——そりゃひどい目に会ったものだ。）」
などと、言って、それからは無理なことをば、あなたへがたし——と言うのである。

〔註〕あな食べ難し——李と言ったので——にも掛ける。

竜の頸の玉

七、燕の子安貝

中納言石上麻呂足は、家に使っている召し使いの者のところへ、
「燕が巣をつくったら教えてよこせ。」
　と、言ったのを、召し使いどもが聞いて、
「いったい何のためでございましょう。」
　と、お訊ねした。
　答えておっしゃるのには、
「燕の持っている子安貝を取るためにだ。」
　そこで召し使いどもが答えて言うのには、
「わたし達は今までに随分沢山の燕を殺してはみましたが、一向にその腹にそんなものはございませんでした。が、あるいは、子を産む時にでも、ひょっとしたらそれを出すのかもしれません。とは言え、出すに致しましても、いったいそれはどういうふうにして出すのでございましょう。何しろ、あの燕という奴は、人を見さえすれば、さっさと逃げ去ってしまいますが。」
　すると、また別のもう一人が言った。
「大膳寮（宮内省の食料所）の飯を焚く家の棟の柱の穴には、どの穴にも燕が巣をつくっています。そこへ、根気のいい男達を数人お連れになって、やぐらを組んでその上にお乗せになって、そうして、

VII. The Easy-Delivery Charm of the Swallows

The Middle Counsellor Isonokami no Marotari gave orders to the men in his employ to report if any swallows were building nests.

"Yes, sir," they said, "But why do you need this information?"

He answered, "I intend to get the easy-delivery charm that a swallow carries."

The men said variously,

"I've killed many swallows in my time, but I've never seen anything of that description in a swallow's belly."

"How do you suppose a swallow manages to pull out the charm just when it's about to give birth?"

"It keeps the charm hidden, and if any man gets a glimpse of it, it disappears."

Still another man said, "Swallows are building nests in all the holes along the eaves of the Palace Kitchen. If you send some dependable men there and set up perches from which they can observe the swallows, there are so many swallows that one of them is sure to be giving birth. That will give your men the chance to grab the charm."

The Middle Counsellor was delighted. "How perfectly extraordinary!" he said, "I had

中をお覗かせになったら、何しろ沢山の燕のことですから、あるいは、中に一匹や二匹の燕が子を産まないものではありますまい。そこを狙って、一つ一つお取らせになったら。」

　中納言はこれを聞いて、お喜びになって、

「それはいいことを聞いた。そんなことは、ついぞ今までに気もつかなかったことだ。なかなか面白いことを言う。」

　と、そうおっしゃって、それから早速てまめな男を二十人ばかりおやりになって、やぐらを組んでその上に登らせた。そして御殿の方からは、ひっきりなしにお使いをお出しになって、

「どうだ、燕の子安貝は取れたか。」

　と、お尋ねになる。

　ところが燕の方では、人がこんなに沢山やぐらに登っているので、それに恐れをなして、一向に近寄ってこない。その旨を御返事申し上げると、中納言は御悲観の態で、さあどうしたものかとお悩みになった。

　そこへ、大膳寮の役人の倉津麻呂という老人がやってきて、言うのには、

「子安貝を取ろうと思し召すなら、手前が一つお教えいたしましょう。」

　そこで中納言は、その老人を親しく御引見になって、御対面遊ばされた。倉津麻呂が言うのには、「燕の子安貝を取ろうとおっしゃるのには、そんな方法では駄目でございます。あれでは決してお取れにはなりますまい。第一、あんなに仰山に、二十人もの人がやぐらに登っておりましては、燕の方がこわがってやって参りません。そこで先ず、あのやぐらをお取り毀しになって、人をみんなお下がらせになって、そうして、中に一人手まめ男を、目の荒い籠にお乗せになって、その籠には綱をおつけになるのです。さて、燕が子を産みますところを目がけて、ぐいっとその綱を引きますると、籠が

燕の子安貝

never noticed! Thank you for a most promising suggestion."

He ordered twenty dependable men to the spot, and stationed them on lookout perches built for their task. From his mansion he sent a steady stream of messengers asking if the men had successfully obtained the easy-delivery charm.

The swallows, terrified by all the people climbing up to the roof, did not return to their nests. When the Middle Counsellor learned of this, he was at a loss what to do now. Just at this point an old man named Kuratsumaro who worked in the Palace Kitchen was heard to remark: "I have a plan for his Excellency if he wishes to get a swallow's easy-delivery charm."

He was at once ushered into the presence of the Middle Counsellor and seated directly before him.

Kuratsumaro said, "You are using clumsy methods to get the charm, and you'll never succeed in that way. The twenty men on their lookout perches are making such a racket that the swallows are much too frightened to come close. You should tear down the perches and dismiss all the men. One man only, a dependable man, should be kept in readiness inside an open-work basket that has a rope attached to it. As soon as a swallow starts to lay an egg, the man in the basket should be hoisted up with the rope. Then he can quickly grab the charm. That is your best plan."

"An excellent plan indeed," said the Middle Counsellor. The perches were dismantled and the men all returned to the palace. The Counsellor asked Kuratsumaro: "How will we know when the swallow is about to give birth, so the man can be hoisted up in time?"

燕の子安貝／*The Easy-Delivery Charm of the Swallows*

するすると上がりまする。籠が上がったところで、素早くその籠の中の男が、燕の出した子安貝を取るという寸法なのです。こういう方法でおやりになったら、きっとよろしゅうございましょう。」

　そう言ったので、中納言は、

「それは名案だ。」

　と、今度はまた、早速やぐらを壊して、人々をみなお呼び返しになった。

　さて、中納言は、倉津麻呂におっしゃるのに、

「ところで燕は、いったいどういう時に子を産むものだと知って、人を上げたらよかろうか。」

　倉津麻呂が言うのには、

「燕は、子を産もうとするには、尻尾を上のほうに上げて、七度くるくるっと回って、それで子を産み落とすものでございます。ですから、その七度キリキリッと回っているところをお目がけになって、そこで籠をお引き上げになって、その時にお取らせになるのです。」

　中納言はそれを聞いてひどくお喜びになって、誰にも知らせずにこっそりと大膳寮にお出掛けになって、男達の中にまじって、昼も夜も怠りなく、子安貝をお狙わせになった。そうしてまた一方、倉津麻呂がこういう方法を教えてくれたのを、大変お褒めになって、

「お前はまあ、わしの家の召し使いでもないのに、よくわしの願いを叶えてくれた。」

　と、まだ子安貝が手に入りもしないのに、もうそれを得られたかのようにお喜びになって、その時着ておられたお召し物をお脱ぎになり、それを倉津麻呂にお与えになった。そうして倉津麻呂に、

「今晩、もう一度この大膳寮に来て、ぜひお前も手伝ってくれ。」

　と、そうおっしゃって、ひとまず倉津麻呂をお帰しになった。

　いよいよ日が暮れたので、中納言は大膳寮へお出掛けになった。見ると、なるほど燕が巣を作っている。

燕の子安貝

Kuratsumaro answered, "When a swallow is about to give birth it raises its tail and circles around seven times. As it is completing its seventh turn you should hoist the basket immediately and the man can snatch the charm."

The Counsellor was overjoyed to hear Kuratsumaro's words.

"How wonderful to have my prayers granted!" he exclaimed, "And to think you're not even in my service!"

He removed his cloak and offered it to the old man. "Come tonight to the Palace Kitchen," he said, dismissing him.

When it grew dark the Middle Counsellor went to the kitchen. He observed that swallows were indeed building nests and circling the place with lifted tails, exactly as Kuratsumaro had described. A man was put in a basket and hoisted up, but when he put his hand into the swallow's nest he called down, "There's nothing here!"

"That's because you aren't searching in the proper way!" the Counsellor angrily retorted. "Is there nobody competent here? I'll have to go up there myself."

He climbed into the basket and was hoisted up. He peered into a nest and saw a swallow with its tail lifted circling about furiously. He at once stretched out his arm and felt in the nest. His fingers touched something flat.

"I've got it! Lower me now; I've done it myself!" he cried. His men gathered round, but in their eagerness to lower him quickly they pulled too hard, and the rope snapped. The Middle Counsellor plunged down, landing on his back atop a kitchen cauldron.

The Easy-Delivery Charm of the Swallows

しかも、先刻倉津麻呂が言ったように、燕が尻尾を上げてくるくると回っているので、早速荒籠に人を
お乗せになって、それを釣り上げて、燕の巣に手を入れさせてお探させになってみると、その男が、
「何もございません。」
　と言うので、中納言は怒って、
「そりゃ、お前の探し方が悪いからだ。」
　と、今度は、誰に探させようかと、それを御物色になっていたが、いや、それよりはと、こんどは
御自身で、
「わしが探してみる。」
　と、そうおっしゃって、籠に乗ってだんだんとお釣り上げさせになり、さて、巣をお覗きになって
みると、これはしたり、燕が尾を上げてキリキリと回っているので、早速御手をお差し出しになって、
巣の中をお探しになってみると、ふと手になんだか平べったいものが触れた。
「あ、あった。さあ下ろしてくれ。倉津麻呂よ。あったぞ、あったぞ。」
　と、そうお叫びになった。そこで人々は集まって、その籠の綱をうんと引っ張ったが、すると、そ
の綱を強く引っ張り過ぎたのだろう、綱はたちまち切れた。と同時に、中納言は、真っ逆さまに下の
八島の大釜の上にお落ちなされたのである。
　人々は驚いて駆け寄って、中納言を抱き上げた。見ると、お目は白目をむいて、気を失っていらっ
しゃる。そこで早速お口に水を差し上げた。それでやっと、どうやら息を吹き返されたので、今度は
また、手をとり足をとりなどして、中納言を釜の上からお下ろし申し上げた。そして、
「御気分は如何でございます。」
　と、お訊ねすると、中納言は苦しい息の下から、やっとお声をお出しになって、おっしゃるのに、

燕の子安貝

His men rushed to him in consternation and lifted him in their arms. He lay motionless, showing the whites of his eyes. The men drew some water and got him to swallow a little. At length he regained consciousness, and they lowered him by the hands and feet from the top of the cauldron. When they at last felt they could ask him how he was, he answered in a faint voice, "My head seems a little clearer, but I can't move my legs. But I am happy anyway that I managed to get the easy-delivery charm. Light a torch and bring it here. I want to see what the charm looks like."

He raised his head and opened his hand only to discover he was clenching some old droppings the swallows had left.

"Alas," he cried, "It was all to no avail!"

Ever since that time people have said a project that goes contrary to expectations "lacks charm."

When the Middle Counsellor realized he had failed to obtain the charm, his spirits took a decided turn for the worse. His men laid him inside the lid of a Chinese chest and carried him home. He could not be placed inside his carriage because his back had been broken.

The Middle Counsellor attempted to keep people from learning he had been injured because of a childish escapade. Under the strain of this worry he became all the weaker. It bothered him more that people might hear of his fiasco and mock him, than that he had failed to secure the charm. His anxiety grew worse each day, until he felt in the end it would be preferable to die of illness in a normal manner than lose his reputation. Kaguya-hime, hearing of his unfortunate condition, sent a poem of enquiry:

The Easy-Delivery Charm of the Swallows

「少し、気は確かになったが、何分、まだ腰が動かぬ。しかし、子安貝はこうしてちゃんと持っているから、もうしめたものだぞ。さあ、何はともあれ、早く蠟燭を持ってよこせ。早く、この貝さまのお顔を拝見したいのだ。」

そうおっしゃって、頭をお上げになって、御手にお持ちになっているものをひろげて御覧になると、それは燕のした古糞を握っておられるのであった。それを御覧になって、中納言は、
「ああ貝がない――（甲斐がない）ことだった。」
と、そのようにおっしゃったので、それから案に違うことをば貝がない――（甲斐がない）と言うのである。

中納言は、それが貝でなかったことをお気付きになると、まさかそれを唐櫃の蓋に入れて、かぐや姫のところへとどけるというわけにもゆかず、すっかり気を落とされてしまった。おまけに、お腰の骨まで折れたのである。こういうふうで、馬鹿なことをして御病気になられたことを、世間の人々に知らせまいとお考えになったが、するとまた、いっそうそれを苦に病んで、いっそう衰弱が加わるのである。貝が取れなかったということよりも、人に聞かれて笑われることの方が日増しに気になって、ただ普通の病気で死ぬよりも、更に外聞の悪い思いをなさったというものである。

かぐや姫は、それを聞いて、お見舞いの歌をお寄越しになった。

年を経て浪立ちよらぬ住の江の
　　松かひなしと聞くはまことか
（もう、随分長い間こちらへお見えになりませんが、いつかあのお願い申しました燕の子安貝は、
　　いつまで待っても無駄とお聞きしましたが、それはいったい本当でございましょうか。住の江は、

toshi o hete, nami tachiyoranu, sumi-no-e no

    matsu kai nashi to, kiku wa makoto ka

"The years pass, but the waves do not return to the pines of Suminoe, where I wait in vain; you have failed to find the charm, I am told, is it true?"

He asked that her poem be read to him. Then he lifted his head very feebly, barely able to write in great pain while someone else held the paper:

kai wa kaku, arikerumono o, wabihatete

    shinuru inochi o, sukui ya wa senu

"My efforts were in vain, and now I am about to die in despair; but will you not save my life?"

With these words he expired. Kaguya-hime was rather touched.

From this time something slightly pleasurable has been said to have a modicum of charm.

松の名所で「松」と「待つ」をかけてある。また「甲斐なし」と「貝なし」も同様である。「浪たちよらぬ」は住の江の枕言葉であり、また中納言がこの頃やってこないことにもかけてあるのである。）

　その歌を、中納言に読んでお聞かせすると、中納言は苦しい息の下からやっと頭をもたげて、人に紙を持って来させて、それの返歌をお書きになった。

　　かひはかくありけるものをわび果てて
　　　死ぬる命を救ひやはせぬ
（今あなたは、「甲斐なし」とおっしゃったが、わたしは今こうして、あなたさまから御歌を頂いて、「貝」こそなかったが、それで充分「甲斐」がありました。けれども、もう今わたしは死にかかっています。この上は、あなたが一言会ってやろうとおっしゃって下されば、それでわたしの命は助かるのですが、何故そうはおっしゃって下さいませぬ。「救ひやはせぬ」の「救ふ」は、貝「匙」（かい）と言ったからその縁語で「掬ふ」（すく）にかけてあるというわけである。）

　それだけ書き終えて、中納言は息が絶えてしまった。それを聞いて、かぐや姫は少し気の毒に思えた。（そこでそれから、少し嬉しいことをば、甲斐があった――「貝があった」――と言うのである。）

燕の子安貝

八、御狩の幸（みゆき）

さて、このようにして、かぐや姫の容貌が世に比類なく美しいことを、帝がお聞きになって、ある日、女官の中臣（なかとみ）のふさ子に、

「そのように、多くの人々の、身も心も仇にして、言うことを諾（き）かぬかぐや姫とは、いったいどれほどの女か、行って見て参れ。」と、仰せられた。

　ふさ子は、勅命（ちょくめい）を奉じて、御前を退出した。竹取の家では、畏（かしこ）まって勅使をお迎えした。ふさ子が嫗（おうな）（竹取の妻）に向かって言うのには、

「帝のお言葉では、その方の娘かぐや姫の容貌が世になく美しいとの事、それで、わたくしによく見て参れとの御仰せで参上いたしました。」

　嫗は、それを聞いて、

「それでは、左様申して参りましょう。」

　そう言って、中に入った。そして、かぐや姫に向かって言うのには、

「早くお使いにお会いなされますよう。」

　しかし、かぐや姫は、

「いいえ、わたくしはそんなに顔の美しい者ではございません。そのようなお言葉では、どうしてわたくしは、恥ずかしくて、お会い致すことが出来ましょう。」

東京都文京区音羽一丁目

十七番十四号

講談社

インターナショナル

愛読者カード係

（対訳・竹取物語）

行

★この本についてお気づきの点、ご感想などをお教えください。

今後の出版企画の参考にいたしたく存じます。ご記入のうえご投函ください
ますようお願いいたします（平成12年3月20日までは切手不要です）。

a　ご住所　　　　　　　　　　　　　　　　　〒□□□-□□□□

b　お名前

c　年齢（　　　）歳

d　性別　1 男性　2 女性

e　ご職業　　1 大学生　　2 短大生　　3 高校生　　4 中学生　　5 各種学校生徒
　6 教職員　　7 公務員　　8 会社員（事務系）　9 会社員（技術系）　10 会社役員
　11 研究職　　12 自由業　　13 サービス業　　14 商工従事　　15 自営業　　16 農林漁業
　17 主婦　　18 家事手伝い　　19 無職　　20 その他（　　　　　　　　　　　）

f　本書をどこでお知りになりましたか。
　1 新聞広告（新聞名　　　　　　　　　）　2 雑誌広告（雑誌名　　　　　　　　　）
　3 書評（書名　　　　　　　　　）　4 実物を見て　5 人にすすめられて
　6 その他（　　　　　　　　　　　　　　　　　）

g　どんな本を対訳で読みたいか、お教えください。

h　どんな分野の英語学習書を読みたいか、お教えください。

御協力ありがとうございました。

VIII. The Imperial Hunt

The Emperor, learning of Kaguya-hime's unrivalled beauty, said to a maid of honor, Nakatomi no Fusako by name:

"Please go and discover for me what kind of woman Kaguya-hime is, this beauty who has brought so many men to ruin and refuses to marry."

Fusako, obedient to his command, departed. When she arrived at the Bamboo Cutter's house the old woman deferentially showed her in. The maid of honor said, "I have been ordered by His Majesty to ascertain whether Kaguya-hime is as beautiful as people say. That is why I am here now."

"I shall tell her," said the old woman and went inside.

"Please," she urged Kaguya-hime, "Hurry out and meet the Emperor's messenger."

Kaguya-hime replied, "How can I appear before her when I am not in the least attractive?"

"Don't talk nonsense! Do you dare to show such disrespect to someone sent here by the Emperor?"

"It doesn't make me feel especially grateful to think the Emperor might wish to summon me," answered Kaguya-hime.

と言って、どうしても言うことをきかないのである。

「まあ、なんと畏多いことをおっしゃるのでしょう。帝のお使いを、お粗末になさっていいことでしょうか。」

　と、嫗が言うと、

「だって、そのようなお話では、帝のおっしゃることも、少しも勿体なくは存じません。」

　と、なんと言っても、かぐや姫は使者に会う様子もないのである。

　嫗から見れば、かぐや姫は幼い時から育て上げて、言わばまあ、自分の生んだ子も同じようなものであるが、しかし、あまりこちらが聞いても、勿体ないようなことを平気で言うので、この上は、もはやどう言って責めたらいいのか、それもわからない様子である。

　そこで嫗は、御使者のところへ戻ってきて言うのには、

「如何にも残念至極に存じ上げますが、うちの娘は、まだほんのおぼこ娘でございまして、その上、どうにも剛情者でございますので、お目にかかることは出来まいと存じ上げますが。」

　そう答えると、女官は、

「でも、必ず見て参れとの仰せでございましたので、わたくしと致しましてもどうしても一度はお目にかかりませぬと、このまま帰るというわけには参りませんのですが。その上、いやしくも、帝の仰せられることを、その国の人間が諾かずによいということがありましょうか。あまりにも無体なことをおっしゃいませぬように。」

　と、言葉激しく責めたので、それを聞いたかぐや姫は、更に言うことを諾かぬばかりか、かえって、

「もしわたくしの申し上げることが、帝のお言葉に背いているというのでしたら、いっそ、そういうわたくしを早くお殺しなすって下さいませ。」

御狩の幸

She showed no sign of relenting and meeting the lady. The old woman had always considered Kaguya-hime as being no different from a child she had borne herself, but when the girl spoke so coldly, it much embarrassed her, and she could not reprimand Kaguya-hime as she would have liked.

The old woman returned to the maid of honor and said, "I must apologize, but the girl is terribly obstinate and refuses to see you."

The maid of honor said, "I was ordered by His Majesty to verify her appearance without fail. How can I return to the Palace without seeing her? Do you think it proper for anyone living in this country to be allowed to disobey a royal command? Please do not let her act so unreasonably!"

She intended these words to shame Kaguya-hime, but when the latter was informed, she refused all the more vehemently to comply.

"If I am disobeying a royal command, let them execute me without delay," she declared.

The maid of honor returned to the Palace and reported what had happened. The Emperor listened and said merely, "You can see she's quite capable of causing the deaths of a great many men."

He seemed to have given up all thought of summoning Kaguya-hime into his service, but he still had his heart set on her, and refused to accept defeat at her hands. He sent for the old man and stated, "I want this Kaguya-hime you have at your place. Word has reached me of the beauty of her face and figure, and I sent my messenger to look her over, but she returned

と、なんと言っても、言うことを諾かないのである。この女官は帰って、帝にその由を奏上した。帝はそれを御聞召して、
「ははあ、その心が多くの人を殺したのだな。」
　と、仰せられて、一旦はさっぱりとお諦めなされたが、しかし、やはりまだ御心残りがあって、このような女の難題ぐらいに負けてなるものかと、また御思い返しになり、ある日、竹取の翁を呼び出して仰せられるのには、
「その方の家のかぐや姫を、当方へ寄越し奉れ。かぐや姫はその容貌が美しいと聞いたので、先日も使いの者を差し出して見参に参らせたが、それは遂に無駄であった。汝はまさか、そのような不躾な育て方はいたしておるまいの。」
　翁は、畏まって御返事を申し上げた。
「いいえ、勿体のう存じ上げます。いったいあの娘は、どう申しましても、御宮仕えをいたしそうにはございませんので、実は、わたしめもつくづく持て余しておるのでございます。とは言え、もう一度帰りました上、とくと申しつけ参らすでございましょう。」
　それをお聞きになって、帝は仰せになった。
「それがよい。そもそも汝の手で育てたものを、どうして汝の自由に出来ぬということがあろう。もし汝が、その女をこの宮中へ差し出すなら、汝に必ず五位の位をさずけてつかわすであろう。」
　翁は、喜んで家へ帰った。そして、かぐや姫に向かって言うのに、
「こういうように、帝は仰せになる。それでもなお、そなたはいやだと言うのか。」
　かぐや姫は答えて言った。
「いいえ、わたくしはどのようなことがございましょうと、決して御宮仕えはいたしませぬ考えで

御狩の幸

unsuccessful, unable to obtain so much as a glimpse of the girl. Did you bring her up to be so disrespectful?'

The old man humbly replied, "The girl absolutely refuses to serve at Court. I am quite at a loss what to do about her. But I'll go back home and report your Majesty's command."

The Emperor asked, "Why should a child you have raised with your own hands refuse to do what you wish? If you present the girl for service here, you can be quite sure I will reward you with court rank."

The old man returned home, overjoyed. He related this conversation to Kaguya-hime, concluding, "That was what the Emperor told me. Are you still unwilling to serve him?"

Kaguya-hime answered, "I absolutely refuse to serve at the Court. If you force me, I'll simply disappear. It may win you a court rank, but it will mean my death."

"Never do such a dreadful thing!" cried the old man. "What use would position or rank be to me if I couldn't behold my child? But why are you so reluctant to serve at the Court? Would it really kill you?"

"If you still think I am lying, send me into service at the Court and see if I don't die. Many men have showed me most unusual affection, but all of them in vain. If I obey the Emperor's wishes, no sooner than he expresses them, I shall feel ashamed how people will consider my coldness to those other men."

The old man replied, "I don't care about anyone else. The only thing that disturbs me is the danger to your life. I'll report that you are still unwilling to serve."

ございます。それでもなお、御無理にとおっしゃいますならば、わたくしは、消えてなくなってしまいます。いいえ、なんでございましたら、一度は御宮仕えを致しまして、あなたにお位が下がるのを待って、その上で、わたくしは死ぬばかりでございます。」

　翁は、答えて言った。

「いいや。そんなことをしてはいけません。いかにわしが位や御役目を頂いたからといって、可愛いわが子に死なれては、いったい、それが何になろう。とはいえ、なぜまた、そなたはそのように御宮仕えをお嫌いになるのか。別に何も、死ぬ程のことはないとは思うけれど。」

　翁がそう言うので、姫は、

「これ程わたくしが申し上げても、なお、嘘だとお思いになるのでしたら、わたくしに御宮仕えをおさせになって御覧なさいませ。それでもわたくしが果たして死にませぬかどうか。今までにも、いろいろの人々のお志が仇やおろそかではなかったのを、それさえ振り捨ててきたわたくしですもの。帝さまがおっしゃるのは、まだ昨日今日のことではございませんの。それに、その帝のお言葉にお従い申し上げましたなら、世間では、わたくしのことを何んと申しましょう。そのようなお恥ずかしいことは到底わたくしには出来かねまする。」

　と、そう答えたので、翁は、

「天下のことは、何がどうあろうとも、そなたの命にかかわる程の大事はない。それではやはり御宮仕えはいたしませぬと、そのように参内してお答え申し上げて参りましょう。」

　と、さて、参内して申し上げるのには、

「帝のお言葉の御有り難さに、わたくしめは、あの娘をどうかして宮仕えにお差し出し申そうと相つとめましてございますが、そう致しますと、あの娘めには、宮仕えに出せば自分は死ぬと申しており

He went to the Palace and informed the Emperor, "In humble obedience to Your Majesty's command, I attempted to persuade the child to enter your service, but she told me that if I forced her to serve in the Palace, it would surely cause her death. This child was not born of my body. I found her long ago in the mountains. That is why her ways are not like those of ordinary people."

The Emperor commented, "She must be a transformed being. There's no hope, then, of having her serve me, but at least I should like somehow to get a glimpse of her."

"I wonder how this could be arranged," said the old man.

The Emperor said, "I understand, Miyatsukomaro, your house is near the mountains. How would it be if, under pretext of staging an imperial hunt, I stopped by for a look at her?"

"That is an excellent plan," said the old man. "If Your Majesty should happen to call at a time when she does not expect a visitor, you can probably see her."

The Emperor at once set a date for the hunt.

During the course of the hunt the Emperor entered Kaguya-hime's house and saw there a woman so lovely she shed a radiance around her. He thought, this must be Kaguya-hime, and approached. She fled into the adjoining room, but the Emperor caught her by the sleeve. She covered her face, but his first glimpse was enough to convince him that she was a peerless beauty. "I won't let you go!" he cried. But when he attempted to take her away with him, Kaguya-hime declared, "If I had been born on earth I would have served you. But if you try to force me to go with you, you will find you cannot."

まする。何分にも、この造麻呂（翁のこと）が、自分の手で生ませましたる子とは違いまして、昔、山の中で見付けましたる子でございますので、どうしてもやはり、その心持ちも普通の人とは違うのでございまする。」

　すると、それをお聞きになって、帝は、
「おお、そうそう、造麻呂よ、お前の家は、確か山の麓の近くにあったなあ。どうだ、一つ狩猟にゆくふうにして、それとなく、かぐや姫を見るということに致そうか。」

　そう仰せられたので、翁も言うのには、
「それがよろしゅうございましょう。あれがただ、なんということもなしに、ぼんやりと致しておりまするところを、不意に行幸あらせられて、御覧にならせられませ。」

　そこで帝は、急に日を定めて狩猟にお出ましになった。かぐや姫の家にお入りになってふと御覧になると、そこに、一面に光り輝いて、美しく清らかな人が坐っている。これだろうとお思いになって、お近寄りになると、すっと逃れて奥へ消え入ろうとする。そこで帝は、その袖をお捕まえになったが、女は袂で顔をかくしているのである。とはいえ、最初によく御覧になったので、その美しさにお打たれ遊ばして、なに離すものかと、そのまま外へお連れ出しになろうとなさった。

　すると、かぐや姫は答えて言った。
「わたくしの身体が、もしこの国に生まれたものでございましたなら、わたくしは帝のお役にも立ちましょう。しかしわたくしは、この国の人間ではございませぬ。無理にお連れなさろうとなすっても、それは御無理でございます。」

　そうは言ったが、帝は、なにそんなことがあるものか、どうしても連れて行ってみせると、御輿を、近寄せて、それにかぐや姫を載せようとされると、不思議やさっと、かぐや姫は消えて影のようになってしまった。

御狩の幸

おや、これはしまった、とお思いになったが、なるほどこれは翁の言う通り、ただの人間ではなかったかと、

「いや、それならばもはや連れてゆこうとは申さぬ。もう一度、元の姿に返り給え。今は、せめてそれをなりと見て帰ろう。」

　と仰せられると、かぐや姫は、再び元の姿に返った。

　もとの姿に返ったかぐや姫を御覧になると、帝はまたしても恋しいと思う御心をお止めになることが出来なかったが、しかし、如何に恋い焦がれたところで、今はもはや甲斐もない。帝は翁に向かって、こうしてかぐや姫を見せて貰えたことを、せめてものお喜びとして、御礼を仰せられたのである。翁は翁で、供奉（行幸に供する人）の人々にあつい御饗応をして差し上げた。

　さて、帝は、このかぐや姫をあとにのこしてお帰りになるのが、如何にも御心残りで、何か気を落とされたようなお気持ちで、お帰りになったが、いよいよ御輿にお乗り遊ばしてから、かぐや姫に一首をお示しになって、

　帰るさのみゆき物憂くおもほえて
　　そむきてとまるかぐや姫ゆゑ
　（さてこれから皇居へ還幸するのだが、なんということともなく物憂くて堪らぬ。それはかぐや姫、そなたがわしの命にそむいて、どうしても一緒に来ぬ故に。「そむきてとまる」を次の「かぐや姫」にかけると、こういう意になる。もし上の「おもほえて」にかければ、帝御自身の御足が、さて還幸のため、うしろを向かれても、なお動かずに止まるという意になるけれど、これはどちらにとっていいか不明である。）

御狩の幸

The Emperor said, "Why can't I? I'll take you with me!"

He summoned his palanquin, but at that instant Kaguya-hime suddenly dissolved into a shadow. The Emperor realized to his dismay and disappointment that she was indeed no ordinary mortal. He said, "I shall not insist any longer that you come with me. But please return to your former shape. Just one look at you and I shall go."

Kaguya-hime resumed her original appearance.

The Emperor was still too entranced with Kaguya-hime's beauty to stifle his feelings, and he displayed his pleasure with the old man for having brought about the meeting. Miyatsukomaro, for his part, tendered a splendid banquet for the Emperor's officers. The Emperor was bitterly disappointed to return to the Palace without Kaguya-hime, and as he left the Bamboo Cutter's house he felt as though his soul remained behind. After he had entered his palanquin he sent this verse to Kaguya-hime:

kaerusa no, miyuki monouku, omo-oete
  somukite tomaru, Kaguya-hime yue
"As I go back to the Palace my spirits lag; I turn back, I hesitate, because of Kaguya-hime who defies me and remains behind."

To this she wrote in reply,

帝の嘆き／*The Emperor's Grief*

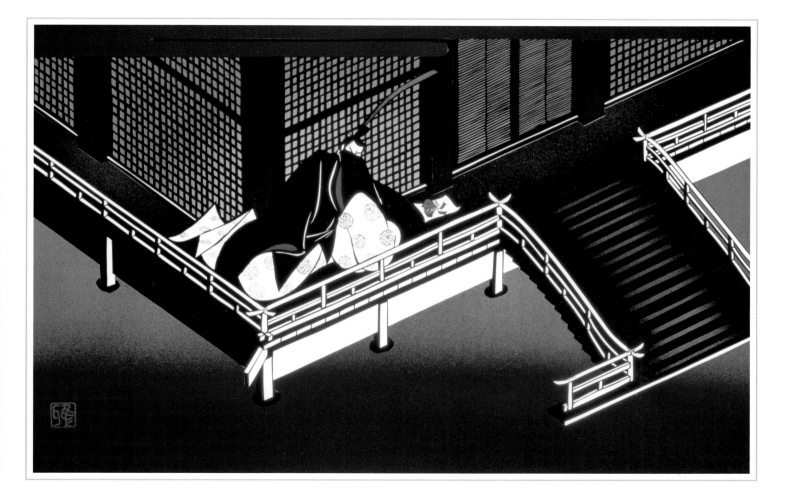

するとその御返事に、

　葎はふ下にも年は経ぬる身の
　　なにかは玉の台をも見む
　（雑草のはえている、この卑しい家ではありましても、そこで長い間育ってきたわたくしですもの。
　別に、今さら金殿玉楼に住みたいとは存じませぬ。）

　これを御覧になって、帝はお帰りになるお気持ちにもなられなかった。御心はいっそうあとにのこ
って、うしろ髪を引かれる御心地であったが、そうかといって、ここで御一夜を明かされるというわ
けにもゆかず、仕方なしに御還幸になった。
　その後というものは、平生お傍にお付き申し上げていた女達が、かぐや姫に比べると、もうまるで
雲泥の違いで、いままでは人に比べて美しいと思っていた女達でさえ、今ではかぐや姫と思い比べて
みると、てんで問題にならないのである。そして帝の御心にはかぐや姫のことばかりが、もうまるで
幻のようになってしまって、陛下はただ御一人で鬱々としてお暮らしになった。なんということもな
くお気も進まなくて、帝は、后や女官方のお部屋へもついぞお出ましにならず、ただかぐや姫のとこ
ろへ御手紙をお書きになっては、それに御心をおのべになって、おとどけ遊ばされた。かぐや姫の方
でも、さすがに、優しい御返事を差し上げるのであったが、帝は、それからも四季の移り変わりにつ
れて、いろいろの面白い草や木について御歌をお詠み遊ばされ、それをかぐや姫のところへおとどけ
になったのである。

御狩の幸

mugura hau, shita nimo toshi ha, henuru mi no

   nanika wa tama no, utena omo min

"How could one who has lived her life in a house overgrown with weeds dare to look upon a jewelled Palace?"

The Emperor felt there was less reason than ever to leave when he saw this poem, but since he could not spend the night with Kaguya-hime, he had no choice but to return. When he saw again the Palace ladies who usually waited on him they seemed unworthy even to appear in Kaguya-hime's presence. Indeed, the very ladies he had always considered more beautiful than other women, when compared to Kaguya-hime seemed scarcely worthy of the name of human beings. He ceased visiting his consorts, finding no pleasure in their company. He wrote letters only to Kaguya-hime, and her answers were by no means unkind. He used also to send her poems attached to flowers or branches that struck him as especially attractive.

九．天の羽衣

　そういうようにして、互いに御心をお慰めになられていたが、そのうちに三年ばかり経って、ふと
ある春の初めから、かぐや姫は月が美しく出ているのを見ては、平生よりもなにかひどく物思いに耽
るようになった。それを見て、昔ある人が言ったように、月の顔を見るのはよくないことだと、人々
はそれをかぐや姫に止めたけれども、かぐや姫は、ともすればまた、人の居ないところでは、月を見
てひどく泣いているのであった。そして、七月十五日の満月の夜には、姫は縁側に出て何か物を思い
つめている様子である。そこで、それを見た家の人々は竹取の翁に向かって、
「かぐや姫が、常から月を見てよくしみじみとした気持ちになっていられるのは、何も今に始まった
ことではないが、それにしても、どうもこの頃の御様子は只事ではなさそうである。何かきっと、深
く心に思いつめて、悲しむことがあるのでしょう。よくよく御注意なさるがいい。」
　と言うので、翁は姫に、
「いったいどのような気がなさるので、そのように物を思いつめた様子で月をお眺めになるのですか。
この何一つ不自由のない結構な御境涯にいて。」
　と、そう訊ねると、姫はそれに答えて、
「いいえ、別段何も特別に物を考えて、嘆き悲しんでいるというわけのものではないのです。ただ月
を見ておりますと、なんということもなく、この世の中が哀れで、心細く思われて参るのです。」

IX. The Celestial Robe of Feathers

They passed some three years in this way, each consoling the other. At the beginning of the next spring Kaguya-hime seemed more pensive than usual as she watched the moon rise in all its splendor. Some one nearby admonished her, "People should avoid staring the moon in the face."

But when no one was around, Kaguya-hime would often gaze at the moon and weep bitterly. At the time of the full moon of the seventh month she sat outside, seemingly lost in thought.

Her maidservant informed the Bamboo Cutter: "Kaguya-hime has always looked with deep emotion at the moon, but she has seemed rather strange of late. She must be terribly upset over something. Please keep an eye on her."

The old man asked Kaguya-hime, "What makes you look so pensively at the moon?"

She answered, "When I look at the moon the world seems lonely and sad. What else would there be to worry me?"

He went over to *Kaguya-hime* and looked at her face. She definitely appeared melancholy. He asked, "My dear one, what are you thinking of? What worries you?"

それで、翁は一旦は安心をしたものの、あとでまた、かぐや姫の部屋へ入って行ってみると、姫は
やはり物思いに沈んでいる様子なのだった。そこで翁は、いっそう急き込んで、
「姫よ、いったい何を考えておられるのです。考えておられることは、いったいどのような事ですか。」
　と、そう訊ねたけれども、姫はやはりただ、
「いいえ、何も考えているのではございません。ただ、なんとなく心細いのです。」
　そう言うので、翁は、
「だから月を御覧になるのはお止しなさいませ、と申し上げておるのです。月を御覧になると、どう
してもそういうふうに物をお考えになるようですぞ。」
　そう諌めると、姫は、
「だって、あの月を見ずにはおられましょうか。」

　と、そう答えて、やはり月が出ると縁側に出て、じっと坐って、物思いに沈んでいるのであった。
　ここに不思議なことは、姫は、月のない宵には、何も物を思わぬらしいのである。月のある宵にな
ると、それがまたしても時々は溜息をついたり、物思いに沈んだり、はては泣きなどするのである。
それを召し使いの者達が見て、やはり姫は何か物思うことがあるのだと囁いたけれど、両親（翁と嫗）
を始め、何事ともわからなかった。
　ところが、八月十五日近くの月夜の晩に、姫は縁側に出て今までになく激しく泣いていた。今はも
う、人目もかまわずに泣きくずれたのである。それを見ると、翁も嫗も、狼狽てて、何事ぞと訊ね騒
いだ。すると姫が泣きながら言うのには、
「実は、前々から申し上げようと存じておりましたのですけれど、御両親様のお嘆きの程も考えられ
て、今日までとうとう申し上げられずにしまったのです。でも、いつまで黙っているというわけにも

天の羽衣

"I am not worried about anything. But everything seems so depressing."

"You shouldn't look at the moon," the old man said. "Whenever you do, you always seem so upset."

"How could I go on living if I didn't look at the moon?"

Each night, as the moon rose, she would sit outside, immersed in thought. On dark moonless nights she seemed to emerge from her reverie, but with the reappearance of the moon she would sometimes sigh and weep. Her maids whispered to one another, "There really does seem to be something disturbing her." But no one, not even her parents, knew what it was.

One moonlight night towards the middle of the eighth month Kaguya-hime, sitting outside, suddenly burst into a flood of tears. She now wept without caring whether or not people saw. Her parents, noticing this, asked in alarm what was troubling her. Kaguya-hime answered, still weeping:

"I have intended to tell you for a long time, but I was so sure I would make you unhappy that I have kept silent all this while. But I can be silent no more. I will tell you everything. I am not a creature of this world. I came from the Palace of the Moon to this world because of an obligation incurred in a former life. Now the time has come when I must return. On the night of the full moon people from my old country will come for me, and I will have no choice but to go. I was heartbroken to think how unhappy this news would make you, and that is why I have been grieving ever since this spring."

She wept copiously.

The Celestial Robe of Feathers

月を見て泣くかぐや姫／*Weeping Kaguya-hime*

参りませんので、今日という今日はすべてをお打ち明けして申し上げます。実は、このわたくしの身体は、本当はこの世の人間ではないのでございます。わたくしは、月の世界の者でございます。それが、何かの前世の因縁によってこの世に遣わされたのでございましょう。今はもう、帰る時になりましたので、この月の十五日にはわたくしの故の国の人々がわたくしを迎えに参ります。そこにはどうしてもゆかぬというわけには参りませんので、それをお嘆き下さるのが悲しさに、こうして、この春からというもの、一人思い悩んでおりました。」

　そう言って、姫はひどく泣き崩れたのである。

　それを聞いて翁は、

「これはいったい、なんということをおっしゃるのでしょう。わしはもともと、あなたを竹の中からお見付けしたが、その時には、あなたはまだ、ほんの菜種程の大きさくらいしかなかったのです。それをどうでしょう、今ではこのわしと並んでも勝ち負けがないくらい、同じ程の大きさにまでお育て申し上げたのです。そのあなたを、いったい誰が迎えに来るというのです。いやいや、断じてそんなことは許すというわけには参りませんのです。」

　そう言って、

「それくらいならいっそ、このわしが死んだほうがいい。」

　と、大声をあげて泣きわめくのであった。その有り様が、全く堪え難そうである。

　しかし、かぐや姫は言った。

「わたくしには、月の都の人で両親がございます。いったい、このわたくしがこの国に参りましたのは、ほんの片時の間ということでございましたが、それがつい、こんなに長の年月になってしまったのです。今ではもう、わたくしは、あの月の世界の御両親のことも別段思い出しも致しませず、ずっと

天の羽衣

The old man cried, "What's that you say? I found you in a stick of bamboo when you were no bigger than a poppy seed, and I have brought you up until now you stand as tall as I. Who is going to take my child away? Do you think I'll let them?" He added: "If they do, it will kill me."

His distraught weeping was really unbearable to behold.

Kaguya-hime said, 'I have a father and mother who live in the City of the Moon. When I came here from my country I said it would be just for a short while, but already I have spent many years in this land. I have tarried among you, without thinking of my parents on the moon, and I have become accustomed to your ways. Now that I am about to return I feel no great joy, but only a terrible sadness. And yet, though it is not by my choice, I must go."

They both wept uncontrollably. Her maids, who had been in her service for years, thought how unspeakable parting would be, and how much they would miss her noble and lively disposition, to which they had grown so familiar. They refused all nourishment and grieved no less than the others.

When the Emperor learned what had occurred, he sent a messenger to the Bamboo Cutter's house. The old man went out to receive him, weeping profusely. His beard had turned white from sorrow, his back was bent, and his eyes were swollen. He was just fifty this year, but his troubles seemed to have aged him suddenly. The imperial messenger transmitted the Emperor's words:

"I am informed that you have been afflicted by a grave misfortune—is it true?"

125

The Celestial Robe of Feathers

こちらに馴れ親しんでしまいました。わたくしはもう、あの月の世界へ参りますのも、ちっともうれしくはございません。ただ悲しいばかりなのでございます。でもそれは、わたくしの心でどうなるものでもございませず、やはりわたくしは致し方ございませんので、参ろうと存じております。」

　そう言って、姫も翁も一緒になって、ひどく泣いた。召し使いの者達も、長い間姫に馴染んだことではあるし、その上に、姫の心ばえの美しく上品であったことなども思い出されて、今、姫に別れるということは、如何にも淋しさに堪えられず、湯水さえも喉に通らぬ気持ちで、一緒になって嘆いたのであった。

　このことを、帝がお聞きになって、竹取の家にお使者をお遣わしになった。翁は出て、そのお使者にお会い申したが、ただ、ひどく泣いているばかりだった。この悲しみのために、翁は急に髪も白くなり、腰も曲がり、目も爛れてしまっていた。翁は今年、年齢はまだ五十ばかりだった^(注)が、心配のために急に老けてしまったのだろう。

〔註〕前に、翁の年を七十ばかりと書き、今また、それから長い間経っているのに、翁の年を五十と奇怪だが、これは作者の気付かざる不用意の誤りである。

　使者は、帝のお言葉として、翁に向かって言うのには、
「かぐや姫が、近頃ひどく物思いに耽って、嘆き悲しんでいるというのは本当か。」
と、そうお訊ねになった。
　すると翁は、泣きながら申し上げるのには、
「お言葉を頂戴致しまして、まことに畏れ多く存じ上げまする。この月の十五日には、月の都から

The Bamboo Cutter, weeping, answered the message,

"On the night of the full moon men are coming from the City of the Moon to fetch Kaguya-hime. I am deeply honored by His Majesty's kind enquiry, and beg him to send soldiers here on that night, to catch anyone who may arrive from the moon."

The messenger departed and, after reporting to the Emperor on the old man's condition, repeated his request. The Emperor said, "If I, who had but a single glimpse of Kaguya-hime, cannot put her from my thoughts, what must it be like for her parents, who are used to seeing her day and night, to lose her?"

On the fifteenth, the day of the full moon, the Emperor issued orders to the different guards headquarters, and designating as his official envoy the Junior Commandant of the Palace Guards, Takano no Ōkuni, sent a force of some two thousand men from the Six Headquarters to the Bamboo Cutter's house. No sooner did they arrive than a thousand men posted themselves on the wall and a thousand on the roof. Together with the numerous members of the household they formed a defence that left no openings. The defenders were equipped with bows and arrows, and inside the main house the womenfolk were stationed, guarding it.

The old woman sat in the strong room of the house, holding Kaguya-hime in her arms. The old man, having tightly barred the door, stood on guard at the entrance. He declared:

"Do you think anybody, even if he comes from the moon, is going to break through our defences?"

He called to the roof,

かぐや姫を迎えに参るという者がございます。どうぞその日には、沢山の軍勢をお遣わし下すって、もし月の都の奴ばらがやって参りましたなら、それをひっ捕まえて頂くというわけには参りませんでございましょうか。」

　使者は帰って、翁の言ったことを、翁の有り様といっしょに、すべて帝に言上申し上げた。帝はそれをお聞きになって、

「わしは、たった一目かぐや姫を見ただけで、それでもう、こうしてかぐや姫のことが未だに忘れられぬのに、翁は、朝夕かぐや姫を見ていたので、その姫を取られてはどのような気が致すであろう。」

　と、そう仰せになって、その月の十五日の日には、近衛の役所役所にお命令があって、六衛（近衛の六つの部署）の武士を合わせて二千人、それに勅使としては、中将の高野大国という者を御差し遣わしになって、それを竹取の家へおやりになった。

　さてそれらの軍勢は、竹取の家へ来て、土塀の上に千人、屋根の上に千人というふうに分かれ、その上、家の召し使いどもが沢山いるのをも合わせて、すべてで家中に隙間なく守った。その召し使い達も、すべて弓矢を持っていた。更にまだ、母屋のなかには大勢の腰元たちを並ばせて、それでいっそう守りを固くした。その中で、嫗はじっとかぐや姫を抱いて土蔵の中にかくれていた。翁もまた、その土蔵の入り口に立って、そこに鍵を掛けて見張っている。

　そうして翁は言った。

「これだけの守りをしておれば、まさか、天人の群れにも負けは致すまい。」

　そして、屋根の上の人々に向かって言うのに、

「ほんのちょっとでも、何かが空をちらと飛んだなら、すぐ射殺してしまって下さい。」

　屋根の上の守備の人々は言った。

"Shoot to kill if you see anything flying in the sky, no matter how small!"

The guards answered, "With defences as strong as ours we're sure we can shoot down even a mosquito. We'll expose its body as a warning to the others."

Their words greatly reassured the old man.

Kaguya-hime said, "No matter how you lock me up and try to guard me, you won't be able to resist the men from the moon. You won't be able to use your weapons on them. Even if you shut me up in this room, when they come everything will open before them. Resist them though you may, when they come even the bravest man will lose heart."

"If anyone comes after you, I'll tear out his eyes with my long nails," cried the old man. "I'll grab him by the hair and throw him to ground. I'll put him to shame by exposing his behind for all the officers to see!" He shouted with anger.

"Don't talk in such a loud voice," cautioned Kaguya-hime. "It would be shocking if the men on the roof heard you. I am very sorry to leave you without ever having expressed my gratitude for all your kindnesses. It makes me sad to think that fate did not permit us to remain together for long, and I must soon depart. Surely you know it will not be easy for me to leave without ever having shown in the least my devotion to you, my parents. When I have gone outside and have sat looking at the moon I have always begged for just one more year with you, but my wish was refused. That was what made me so unhappy. It breaks my heart to leave you after bringing you such grief. The people of the moon are extremely beautiful, and they never grow old. Nor have they any worries. Yet, I am not all happy to be returning. I know I shall

二千人の軍勢／*Two Thousand Soldiers*

「これだけ守っているところですもの、たとえ蝙蝠<ruby>蝙蝠<rt>こうもり</rt></ruby>一匹でも、空を飛んだら、たちまち射殺して曝<ruby>曝<rt>さら</rt></ruby>し
ものにしてやります。」
　それを聞いて、翁は非常に頼もしがって喜んだ。が、かぐや姫は、それに対して、
「どんなに閉じ籠ってかくれていようが、また、どんなに戦争の準備をして待ちかまえておりましょ
うが、あの国の人とは戦争が出来るわけのものではございません。第一、その弓矢でお射ちになって
も、あの国の人には、それがこたえはしないのです。またこのように閉じ籠って鍵をかけておりまし
ょうと、あの国の人が来れば、たちまちそれは皆自然に開いてしまいます。皆様が、どんなに戦う気
でおいでになりましょうと、あの国の人が来ましたなら、戦うなどという気は、更になくなってしま
うでしょう。」
　それを聞いて、翁は腹立たしげに言った。
「よろしいとも、迎えの人々がやって来おったなら、わしのこの長い爪でその眼玉をひっつかんでつ
ぶしてしまってくれよう。また、その髪の毛をとっつかまえて、ひっ掻き回してぶちのめしてもくれ
よう。そいつのお尻をひんむくって、ここにいる沢山のお役人の前で、そいつに恥をかかせてやろう。」
　すると、かぐや姫は言った。
「まあ、そんなに大きな声でおっしゃるものではございませんわ。そんなに大きな声でおっしゃいま
すと、屋根の上にいる武士<ruby>武士<rt>もののふ</rt></ruby>どもの耳にもそれが聞こえます。それではあまり、みっともないではござ
いませんか。わたくしに致しましても、今までの長い間の御恩を思いも致しませんで、このまま参り
ますのが、如何にも残念でございます。これから後も、ずっとこの家におられまする約束事でござい
ましたなら、どんなにかうれしいことでございましょう。でもそうではございませんので、もういよ
いよ間もなく参らなければなりませぬ。それが悲しゅうございます。考えてみますと、御両親さまへ

132

天の羽衣

miss you and keep wishing I could be looking after you when you are old and helpless."

She spoke in tears.

"Don't talk of such heartrending things!" the old man exclaimed. "No matter how beautiful those people may be, I won't let them stand in my way." His tone was bitter.

By now the evening had passed. About midnight the area of the house was suddenly illuminated by a light more dazzling than that of high noon, a light as brilliant as ten full moons put together, so bright one could see the pores of a man's skin. Then down from the heavens men came riding on clouds, and arrayed themselves at a height some five feet about the ground. The guards inside and outside the house, seemingly victims of some supernatural spell, quite lost their will to resist. At length they plucked up their courage and tried to ready their bows and arrows, but the strength had gone from their hands, and their bodies were limp. Some valiant men among them, with a great effort, tried to shoot their bows, but the arrows glanced off harmlessly in all directions. Unable to fight boldly, like soldiers, they could only watch on stupefied.

Words cannot describe the beauty of the raiment worn by the men who hovered in the air. With them they had brought a flying chariot covered by a parasol of gauzy silk. One among them, apparently their king, called out, "Miyatsukomaro, come here!"

The old man, who had assumed such an air of defiance, prostrated himself before the stranger, feeling as if he were in a drunken stupor.

The king said:

"You childish old man! We sent the young lady down into the world for a short while, in

の御恩返しも、少しもいたしませぬことでしたし、これではどうせあの国へ参ります道中の心の苦し
さも、なみ大抵ではございますまいと、それで、ここ数ヵ月の間というものは、月が出れば縁側に出
て、どうぞもう一年だけ、せめては今年のうちだけでもと、こちらにお留まりすることをお願い申し
たのですけれど、それさえ許されませぬので、実は、あのように嘆いておりましたわけでございます。
御心配ばかりお掛け申しまして、このまま、参るのが何よりも堪えがたく、心もとなく存ぜられます
る。いったいあの月の世界の人々は、非常に美しい人々でございまして、その上、そこでは年が寄る
ということもございませず、また何一つ心配をするということもございません。そのように結構なと
ころでございますが、でも、わたくしは今そこへ参ろうというのに、ちっともうれしくは存じられま
せん。それよりは、あなたさまの老い衰えられた御姿を、このままお見捨て申して参りますのが、何
よりも悲しく、また恋しく存ぜられますよ。」

　そう言って泣いたので、翁は、
「いや、そんな悲しい胸のつまるようなことをおっしゃって下さるな。如何に美しい人がお迎えに参
ろうと、なに心配する程のことはありませぬ。」
　そう言って、月の世界の人々を怨み、憤るのであった。
　そうこうするうちに、宵も過ぎて、夜中の十二時近くになった。急に、竹取の家の付近がぱっと昼
よりも明るく光った。その明るさは、例えば満月の光を十加えたくらいで、そこにいる人々の毛の穴
までが見える程の明るさだった。その時大空から、人が雲に乗って降りてきた。その人々は、皆地上
五尺ばかりのところの宙に並んで立っている。それを見ると、竹取の家の人々は、内にいたのもまた
外にいたのも、皆一様に何か物怪にとりつかれたように、ぼんやりとしてしまって、戦いをするなど
という気持ちは、もうまるでなくなってしまうのであった。これではならぬと、やっと気を取り直して、

天の羽衣

return for some trifling good deeds you had performed, and for many years we have bestowed riches on you, until you are now like a different man. Kaguya-hime was obliged to live for a time in such humble surroundings because of a sin she had committed in the past. The term of her punishment is over, and we have come, as you can see, to escort her home. No matter how you weep and wail, old man, you cannot detain her. Send her forth at once!"

"I have been watching over Kaguya-hime for more than twenty years," the old man answered. "You speak of her having come down into this world for 'a short while.' It makes me wonder if you are not talking about some other Kaguya-hime living in a different place."

He added: "Besides, the Kaguya-hime I have here is suffering from a serious illness and cannot leave her room."

No answer met his words. Instead, the king guided the flying chariot to the roof, where he called out:

"Kaguya-hime! Why have you lingered such a long time in this filthy place?"

The door of the strong room flew open, and the lattice-work shutters opened of their own accord. The old woman had been clutching Kaguya-hime in her arms, but now the girl freed herself and stepped outside. The old woman, unable to restrain her, could only look up to heaven and weep.

Kaguya-hime approached the Bamboo Cutter, who lay prostrate, weeping in his bewilderment.

"It is not by my own inclination that I leave you now," she said. "Please at least watch as I ascend into the sky."

"How can I watch you go when it makes me so sad? You are abandoning me to go up to

弓矢を取ろうとしても、その手に力がなくなって、ぐんなりと曲がってしまうのである。その中で、特別に心のしっかりとした者が、ぐっと我慢をして矢を射ようとしたが、矢はまるで見当違いの方向へ外れてしまった。こうゆう有り様で、誰も激しく戦うなどということは出来ず、ただ、益々心はうつろになって、互いに顔を見合わすばかりであった。

その時、地上五尺ばかりのところに立ち並んだ人々の姿はといえば、その装束の立派なことは驚くばかり、そして、その人達は、更に飛車を一台持っていた。天を飛ぶことが出来るもので、その車の天井には、薄い絹の蓋が張ってある。さて、その天人どもの中で、大将らしい奴が一人出てきて、

「造麻呂よ、この方へ出て参れ。」

そう言うと、先刻までは、あのように勢いづいていた翁も、今はもう、まるで物に酔うたような気持ちがして、地面にうつぶせになって、平伏してしまった。

その天人が言うのには、

「汝、愚かなる者よ、お前はごく僅かばかりの功徳を積んだによって、そのお礼にもと、ほんの暫くの間だけ、かぐや姫を汝のところに降してやったのに、汝はそんなにも長い間、しかもまたそんなにも沢山の金をさずかって、今ではもうお前はまるで以前とは別人のような立派な境遇になれたではないか。いったいそのかぐや姫は、ある罪を犯しなすったによって、汝の如き賤しき者のところに、暫く身をお寄せになったのである。その罪が、今はもう全く消え果てたので、それでこうして今わしがお迎えにやって来たわけである。それだのに、お前は泣いたり嘆いたりするわけは、全然ないわけではないか。さあ、早く姫を返してよこせ。」

と、そう言ったので、翁はそれに答えて言った。

「あなたは今、ほんの暫くの間だけ、かぐや姫をわたくしのところにお降し下すった、とそうおっしゃい

天の羽衣

heaven, not caring what may happen to me. Take me with you!"

He threw himself down, weeping.

Kaguya-hime was at a loss what to do. She said, "Before I go I shall write a letter for you. If ever you long for me, take out the letter and read it." In tears she wrote these words:

"Had I but been born in this world I should have stayed with you and never caused you any grief. To leave this world and part from you is quite contrary to my wishes. Please think of this cloak, that I leave with you, as a memento of me. On nights when the moon shines in the sky, gaze at it well. Now that I am about to forsake you, I feel as though I must fall from the sky, pulled back to this world by my longing for you."

Some of the celestial beings had brought boxes with them. One contained a robe of feathers, another the elixir of immortality.

"Please take some of the elixir in this jar," said a celestial being to Kaguya-hime. "You must be feeling unwell after the things you have had to eat in this dirty place."

He offered her the elixir and Kaguya-hime tasted a little. Then, thinking she might leave a little as a remembrance of herself, she started to wrap some of the elixir in the cloak she had discarded, when a celestial being prevented her.

He took the robe of feathers from its box and attempted to throw it over her shoulders, but Kaguya-hime cried out.

"Wait just a moment! They say that once you put on this robe your heart changes, and there are still a few words I must say."

The Celestial Robe of Feathers

ましたが、わたくしはもう、姫をお養い申し上げること、これで二十年の上にもなりますわい。多分、あなたがおっしゃるかぐや姫というのは、きっとまた、何処か別のところにいらっしゃるかぐや姫のことでしょう。」

　そう言って、更に、

「うちのかぐや姫はな、今重い病気にかかって寝ておられましてな、とても、外などにお出になることは出来ませんのじゃ。」

　そう言ったが、それには返事がなくて、天人は翁の家の屋根の上に、例の飛車を引っぱってきた。

「さあ、かぐや姫よ、こんな汚いところにいつまでおいでになっても致し方ございません。」

　そう言うと、今まで閉め切ってあった戸がたちまち、自然にぱっと開いた。格子なども、人が開けもしないのに自然に開くのである。そして、それまで嫗が抱いていたかぐや姫は、その時すっと外に出てしまった。どうしても、引き止められそうにないので、嫗はただぽんやりとして、それを見上げて泣いていた。翁もどうしていいのかわからずに、ただおろおろと泣き伏しているばかりである。そこへ、かぐや姫は近寄ってきて、言うのであった。

「わたくしにしても、行きたくもないのに行くのですのに、どうかせめては、わたくしが天へ昇ってゆくところをでも、お見送りになって下さいませ。」

　そう言ったけれども、翁は、

「なんだってこんなに悲しいのに、お見送りなんか出来ようか。いったいこのわしに、どうしろとおっしゃって、こんな老人を捨ててあなたは天へなどお昇りになるんです。いっそ、このわしも御一緒に連れて行って下され。」

　そう言って泣き伏したので、姫もどうしていいのかわからずに、困り果ててしまった。が、やがて、

天の羽衣

She wrote another letter.

The celestial beings called impatiently, "It's late!"

Don't talk so unreasonably!" exclaimed Kaguya-hime. With perfect serenity she gave the letter to someone for delivery to the Emperor. She showed no signs of agitation.

The letter said:

"Although you graciously deigned to send many people to detain me here, my escorts have come and will not be denied. Now they will take me with them, to my bitter regret and sorrow. I am sure you must find it quite incomprehensible, but it weighs heaviest on my heart that you may consider my stubborn refusal to obey your commands an act of disrespect."

To the above she added the verse:

ima wa tote, ama-no-hagoromo, kiru ori zo
      kimi o aware to, omoi idenuru

"Now that the moment has come to put on the robe of feathers, how longingly I recall my lord!"

Kaguya-hime attached to the letter some elixir of immortality from the jar and, summoning the commander of the guards, directed him to offer it to the Emperor. A celestial being took the gift from her hands and passed it to the commander. No sooner had the commander accepted the elixir than the celestial being put the robe of feathers on Kaguya-hime. At once she lost all recollection of the pity and grief she had felt for the old man. No cares afflict anyone who once

「それでは一つ御手紙を書いて、のこして参りましょう。わたくしのことを御思い出しになった時には、どうかそれを取り出して御覧下さいませ。」

　そう言って、泣きながら書いたのは、

「わたくしももし、普通の人間のように、この国に生まれた者でございますなら、御両親のお嘆きを見ぬ程（御両親がおかくれになる）までお側におりまして、こんなお嘆きをおかけするのではございませんが、しかしそうではなく、こうしてお別れすることは返すがえすも残念に存じまする。今、このわたくしの脱ぎ置きまする着物を、どうかわたくしの形見と思し召して下さいませ。また月の出た晩には、どうかその月の方を御覧になって下さいませ。ああ、今、わたくしはこうしてあなたをお見捨て申し上げて、天へ登ってゆくその途中からも、なんだか地に落ちてしまうような気が致します。」

　と、そう書いた。

　さて、天人の中に、一人が持っている箱があった。その箱には、天の羽衣が入っていた。また、もう一つの別の箱には、不死の霊薬が入っていた。一人の天人が言うのに、「壺の中の御薬を、姫に差し上げろ。何分にもこの穢い地上のものを召し上がったので、さぞかし姫の御気分も悪かろう。」

　そう言って、姫のところへ薬を持ってきた。姫はそれをほんの少しおなめになった。それから、あとの少しを翁のために御形見にと、今御自分がお脱ぎになった着物に包もうとなさると、一人の天人がそれをさまたげて包ませなかった。そして、すぐにも天の羽衣を出して、それを姫に着せかけようとする。

「暫く待て。」

　その時、姫は言った。

　そして、

天の羽衣

puts on this robe, and Kaguya-hime, in all tranquillity, climbed into her chariot and ascended into the sky, accompanied by a retinue of a hundred celestial beings.

The old man and woman shed bitter tears, but to no avail. When her letter was read to them, they cried, "Why should we cling to our lives? For whose sake? All is useless now."

They refused to take medicine, and never left their sick-beds again.

The commander returned to the Palace with his men. He reported in detail the reasons why he and his men had failed with their weapons to prevent Kaguya-hime from departing. He also presented the jar of elixir with the letter attached. The Emperor felt much distressed when he opened the letter and read Kaguya-hime's words. He refused all nourishment, and permitted no entertainments in his presence.

Later, the Emperor summoned his ministers and great nobles and asked them which mountain was closest to Heaven. One man replied, "The mountain in the province of Suruga. It is near both to the capital and to Heaven."

The Emperor thereupon wrote the poem:

au koto mo, namida ni ukabu, wagami niwa
shinanu kusuri mo, nani ni kawa sen

"What use is it, this elixir of immortality, to one who floats in tears because he cannot meet her again?"

The Celestial Robe of Feathers

かぐや姫昇天／*Return to the Moon*

「この衣を着れば、もはやその人は気持ちまでも変わってしまうでしょう。今一言、言っておくべきことがあります。」と言って姫は、手紙を書き出した。

　天人はそれを、

「遅い。」

　と、待ち遠しがっている。

　すると、かぐや姫は、

「人情のないことを言うものではない。」

　と、そうおっしゃって、静かに、落ち付いて、帝に向かって御手紙を書き出したのである。その態度は全く落ち付きはらって立派なものだった。その手紙は、

「このように、多くの人々を御差し遣わし下さいまして、わたくしの昇天をお留め下さいましたが、人意を許さぬ天の迎えが参りまして、わたくしを連れて参りますので、もう致し方もございませぬ。口惜しくもまた悲しくも存じ上げ奉ります。先日わたくしが、御宮仕えを御拒り申し上げましたのも、かような面倒な経き緯のあるわたくしの身の上ゆえ、御不興をも顧みませず、心強くもお受け申し上げなかったわけに存じ上げます。さぞかし、無礼千万なる者と思召し給わらんことが、何よりも今は気にかかり、残念に存じ上げ奉ります。」

　そう書いて、

　今はとて天の羽衣着るをりぞ

　　君をあはれと思ひ出でぬる

　　（さあいよいよ最後の時が参りまして、今わたくしは天の羽衣を身につけるのでございますが、

天の羽衣

He gave the poem and the jar containing the elixir to a messenger with the command that he take them to the summit of the mountain in Suruga. He directed that the letter and the jar be placed side by side, set on fire, and allowed to be consumed in the flames. The men, obeying this command, climbed the mountain, taking with them a great many soldiers. Ever since they burnt the elixir of immortality on the summit, people have called the mountain by the name Fuji, meaning immortal. Even now the smoke is still said to rise into the clouds.

立ち昇る富士の煙／Mt. Fuji

その時になって、さすがに我が君の御事を思い参らせますると、なんとも言えず、お慕わしい気持ちに動かせられ奉るのでございます。）

　そう書いて、それに壺の中の不死の霊薬を添えて、それを勅使の中将に託すのであった。中将に、それを手渡したのは天人である。中将がそれを受け取ると、同時に、その天人はふと天の羽衣を姫に着せかけたので、姫はもう、翁のことを、哀れとも悲しいとも考えないのであった。この衣を着た人は、着たが最後に一切の物思いがなくなってしまうので、姫はさっさと飛車に乗って、百人ばかりの天人を引き連れて、そのまま天へ昇って行ってしまった。あとに、翁と嫗とはのこって、悲しみ嘆き、血の涙を流して惑ったけれど、もはやどうしようもなかった。傍らの人々が、姫の書きのこしていった手紙を読んで聞かせもしたが、なんのために、もう、命などが惜しいことがあろう、誰のために、もう、わし達は生きている甲斐があろう、そう言って、薬も飲まず、そのまま病気になって起き上がれなくなってしまったのである。

　中将は、人々を引き連れて皇居へ還って、天人と戦ってかぐや姫を引き留めることが出来なかった一部始終を、帝に奏上した。薬の壺に、かぐや姫の手紙を添えて、それを帝に御差し出し申した。帝は、それを広げて御覧じて、ひどく哀れにお思いになって、それからは、一切の御食事も摂らせ給わず、歌舞管弦もお止めになった。ある時、大臣や上達部達をお呼び寄せになって、
「いったい、何処の国のどの山が、天に一番近かろうか。」
　そう、お訊ねがあった。ある人がそれにお答え申し上げたのに、
「駿河の国にあるあの山が、この都にも近く、また、天にも一番近うございます。」
　それをお聞きになって、

天の羽衣

あふことも涙に浮かぶわが身には

　　　死なぬくすりも何にかはせん

　（もはや再び、自分はもうかぐや姫にあうこともあるまいと思うと、そういうわしにとっては、不死
　の薬なんかは、もう何にもならぬ。「涙に浮かぶ」の「涙」は語韻の上から「無」いに掛けてある。）

　　その一首の御歌を、あのかぐや姫から貰った不死の薬の壺につけて、それを御使者にお渡しになっ
た。その御使者には、調岩笠という人を御任命になって、その人にそれを持ってあの駿河の国にある
山の頂上へ行くように御命令になった。そしてそこで、その山の頂ですべき事をこまごまとお教え遊
ばされた。それは、その御製を書いた御文と、あのかぐや姫から貰った不死の薬の壺とを並べて、そ
れに火をつけて燃やすことである。その御命令を受けて、調岩笠は多くの軍勢を連れてその山へ登っ
たので、それから、その山のことをば不死の山——富士の山と言うのである。その山の頂から、吐き
出す煙が、今もなお、雲の中へ月の世界へも達けとばかりに立ち昇るのだと、そう人々は言い伝えて
いる。

天の羽衣

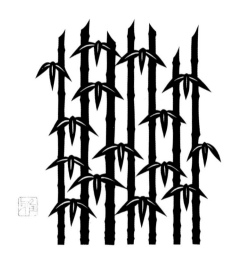

竹採物語　[田中大秀旧蔵本]

いまはむかし、竹とりのおきなと、いふものありけり、野山にましりて、竹をとりつゝ、よろつにつかひけり、名をは、さかきのみやつことなんいひける、その竹の中に、もとひかる竹、一すちありける、あやしかりて、よりてみれは、つゝの中ひかりたり、それを見れは、三寸はかりなる人、いとうつくしうてゐたり、翁いふやう、我朝こと夕ことに見る竹の中に、おはするにてしりぬ、子になり給ふへき人なめりとて、手にうちいれて、家へもちてきぬ、めの女にあつけて、やしなはす、うつくしき事、かきりなし、いとをさなけれは籠にいれてやしなふ、竹とりのおきな、竹をとる事、この子をみつけてのちに、竹をとるに、ふしをへたてゝ、よことに、こかねある竹を、見つくることかさなりぬ、かくて、おきな、やうやうゆたかになりゆく、此ちこやしなふほとに、すくすくとおほきになりまさる、三

月はかりになるほとに、よき程なる人になりぬれは、かみあけなと、さうして、かみあけさせもきす、ちやうのうちもいたさす、いつきやしなふ、此ちこ、かたちけそうなる事、世になく、屋のうちは、くしきところなくひかりみちたる、おきな、心ちあしく、くるしき時も、此子を見れは、くるしき事もやみぬ、はらたゝしき事もなくさみけり、おきな、竹をとる事、久しくなりぬ、いきほひ、まうのものになりにけり、此子、いとおほきになりぬれは、名を、みむろといんへのあきたをよひて、つけさす、あきた、なよ竹のかくやひめとつけつ、此ほと、三日うちあけあそふ、よろつのあそひをそしける、をとこは、うけきかはす、よひつとめて、いとかしこくあそふ、せかいのをのこ、あてなるも、いやしきも、いかて、此かくやひめを、えてしかな見てしかなと、おとにきゝめてゝまとふ、

そのあたりのかきにも、いへのとにも、をる人たに、たはやすくみるましき物を、よるは、ねをやすきいもねす、やみの夜にいて、も、あるをくしり、かいはみ、まとひあへり、さるときよりなん、よはひとはいひける、人の物ともせぬところに、まとひありけとも、なにのしるし、あるへくもみえす、家の人ともに、物をたにいはんとて、いひか、れは、こと、もせす、あたりをはなれぬ君たち、夜をあかし、日をくらす、おほかり、おろかなる人は、ようなきありきは、よしなかりけりとて、こすなりにけり、その中に、なおいひけるは、色このみと、いはる、かきり、五人、おもひやむときなく、よるひるきける、その名とも、石つくりの御子、くらもちのみこ、あへのみむらし、大納言大伴のみゆき、中納言いそのかみのまろたり、此人ゝなりけり、世中におほかる人をたに、すこしも、かたちよしとき、ては、見まほしうする、人ともなりけれは、かくや姫を見まほしうて、物もくはす、おもひつゝ、かの家にゆきて、た、すみ、ありきけれは、かひあるへくもあらす、文をかきてやれとも返事せす、わひ歌なと、かきておこすれとも、かひなしとおもへと、霜月しはすの、ふりこほり、みな月の、てりはた、くにも、さはらす来たり、此子、ある時は、竹とりをよひ出て、むすめを我にたへと、ふしをかみ、手をすり、のたまへと、おのこかなさぬ子なれは、心にもしたかはすなん、あるといひて、月日すくす、か、れはこの人ゝ、家にかへりて、物をおもひ、いのりをし、くわんをたて、思ひやむへくもあらす、さりとも、つひにをとこあはせさらんやは、と思ひて、たのみをかけたる、あなかちに、心さしをみえありく、これを見つけて、おきな、かくやひめにいふやう、我子のほとけ変化の人と申なから、こ、らおほきさまて、やしなひたてまつる心さし、おろかならす、おきなの申さん事は、き、給ひてんや、といへは、かくやひめ、何事をか、のたまはん事は、うけたまはらさらん、変化の者にてはへりけん、身ともしらす、おやとこそ、おもひたてまつれといふ、おきな、うれしくも、のたまふ物かなといふ、おきな、年七十にあまりぬ、けふとも、あすともしらぬ、此世の人は、をとこは、女にあふ事をす、女は、をとこにあふ事をす、その、ちなん、門ひろくもなりはへる、

いかんか、さる事、なくてはおはせん、かくやひめの
いはく、なんてふ、さる事かしはへらんといへは、へ
んけの人といふとも、女の身もち給へり、おきなのあ
らんかきりは、かうても、いますかりなんかし、この
人ゝの、とし月をへて、かうのみいましつゝ、のたま
ふ事をおもひさためて、ひとりひとりに、あひたてま
つり給はねといへは、かくやひめのいはく、よくもあ
らぬかたちを、ふかき心もしらて、あた心つきなは、
のちくやしき事もあるへきをと、おもふはかりなり、
世のかしこき人なりとも、ふかき心さしをしらて、あ
ひかたしとおもへといふ、おきないはく、思ひのこと
く、さものたまふ物かな、そもそも、いかやうなる心
さし、あらん人にか、あはんとおほす、かはかり心さ
しおろかなる、人ゝにこそあめれ、かくやひめのいは
く、なにはかりのふかきをか、見んといはん、いさゝ
かの事なり、人の心さし、ひとしからんや、いかてか、
中におとりまさりはしらん、五人の中に、ゆかしきも
のを、みせ給へんに、御心さしの、まさりたりとて、
つかうまつらんと、そのおはすらん人ゝに申給へとい
ふ、よき事なりとうけつ、日くるゝほと、れいのあつ

まりぬ、あるいは笛をふき、あるいはうたをうたひあ
るいはしやうかをし、あるいはうそふき、あふきをな
らしなとするに、おきないてゝいはく、かたしけなく、
きたなけなるところに、とし月をへて、ものし給ふ事、
きはまりたるかしこまりと申、おきなののち、けふあ
すともしらぬを、かくのたまふ君たちにも、よくおも
ひさためて、つかうまつれと、申もことはり、いつれ
も、おとりまさりおはしまさねは、御心さしのほとは
みゆへし、つかうまつらん事は、それになんさたむへ
き、といへは、これ、よきことや、人の御うらみもあ
るましといふ、五人の人ゝもよき事なりといへは、お
きないはく、かくやひめ、いしつくりのみこには、ほ
とけの御いしのはちといふ物あり、それをとりて給へ
といふ、くらもちのみこには、東の海に、ほうらいと
いふ山あるなり、それに、しろかねをねとし、こかね
をくきとし、しろき玉を実として、たてる木あり、そ
れ一えた折て、たまはらんといふ、いまひとりには、
もろこしにある、ひねすみのかはきぬを給へ、大伴の
大納言には、たつのくひに、五色にひかる玉あり、それ
をとりて給へ、いそのかみの中納言には、つはくらめの

もたるこやすのかひ、ひとつとりて給へといふ、おき
な、かたき事ともにこそあなれ、此国にある物にもあ
らす、かくかたき事をは、いかに申さんといふ、かく
やひめ、何かかたからんといへは、おきな、とまれか
くまれ申さんとて、いてゝ、かくなん、きこゆるやう
にいひ給へといへは、御こたち上達部きゝて、おいら
かに、あたりたに、なありきそとやは、のたまはぬと
いひて、うんしてみなかへりぬ、なほ此女見ては、世
にあるましき心ちのしけれは、天竺にある物も、もて
こぬ物かはと、思ひめくらして、石つくりのみこには、
心のしたくある人にて、天ちくに二となきはちを、百
千里のほとゆきたりとも、いかてか、とるへきと思ひ
て、かくやひめのもとには、けふなん天ちくへ、いし
のはちとりに、まかるときかせて、三年はかり、大和
国とをちこほりにある山てらに、ひんつるのまへなる
はちの、ひたくろに、すみつきたるをとりてにしきの
ふくろに入て、つくり花のえたにつけて、かくやひめ
の家にもてきて、みせけれは、かくやひめ、あやしか
りて見るに、はちの中に文あり、ひろけてみれは、

うみ山の、みちにこゝろを、つくしはて、ないしの

鉢の、なみたなかれき

かくやひめ、ひかりやあるとみるに、ほたるはかりの、
ひかりたになし

おく露の、ひかりをたそに、やとさまし、小倉山にて、
なにもとめけん

とて、かへしいたす、はちを門にすてゝ、此歌の返しを
す

しら山に、あへはひかりの、うするかと、はちをす
てゝも、たのまるゝかな

とよみていれたり、かくやひめ、返事もせすなりぬ、
みゝにもきゝいれさりけれは、いひかゝつらひてかへ
りぬ、かのはちをすてゝ、又いひける	よりそ、おもな
き事をは、はちをすつとはいひける、くらもちのみこ
は、心たはかりある人にて、おほやけには、つくしの
国に、ゆあみにまからんとて、いとま申て、かくやひ
めのいへには、玉のえたとりになん、まかるといはせ
て、くたり給ふに、つかうまつるへき人ゝ、みな難波
まて御おくりしける、みこいとしのひてもたまはせて、
人もあまた、ゐておはしまさす、ちかうつかうまつる
かきりして、出給ひぬ、御おくりの人ゝ、見たてまつり

おくりてかへりぬ、おはしぬと、人には見え給ひて三日はかりありて、こきかへり給ひぬ、かねて、ことみな仰たりけれは、その時、ひとつのたからなりける、かちたくみ六人をめしとりて、たはやすく、人、よりくましきいへをつくりてかまとをみへにしこめて、たくみらを入給ひつ丶、御こもおなしところにこもり給ひて、しらせ給ひたるかきり、十六かみに、くとをあけて、玉のえたをつくり給ふ、かくやひめ、のたまふやうにたかはす、つくりいてつ、いとかしこくたはかりて、なにはに、みそかにもていてぬ、舟にのりて、かへりきにけりと、とのにつけやりて、いといたく、くるしかりたるさましてゐ給へり、むかへに、人おほくまゐりたり、玉のえたをは、なかひつに入て、物おほひて、もちてまゐる、いつかき丶けん、くらもちのみこは、うとんくゑの花もちて、上り給へりとのゝしりけり、これをかくやひめきゝて、我はみこにまけぬへしと、むねうちつふれて思ひけり、かゝるほとに、門をたゝきて、くらもちのみこ、おはしたりとつく、たひの御すかたなから、おはしたりといへは、あひたてまつる、御子のたまはく、いのちをすてゝ、かの玉のえたもちてきたる、かくやひめに、みせたてまつり給へといへは、おきな、もちて入たり、この玉のえたに、文そつけたりける

　いたつらに、身はなしつとも、玉のえたを、たをりてたゝに、かへらさらまし

これを、あはれともみてゝせるに、竹とりのおきな、はしる入ていはく、此御子に申給ひし、ほうらいの玉のえたを、ひとつのところあやまたす、もておはしませり、なにをもちて、とかく申へき、たひの御すかたなから、わか御いへへも、より給はすして、おはしたり、はや此みこに、あひつかうまつり給へといふに、物もいはて、つらつゑつきて、いみしう、なけかしけに思ひたり、といふま丶に、えんにはひのほり給ひぬ、おきな、ことわりに思ふ、この国にみえぬ玉のえたなり、此たひは、いかてか、いなひ申さん、さまもよき、人におはすなといひたり、かくやひめのいふやう、おやのたまふことを、ひたふるに、いなひ申さん事のいとほしさに、とりかたき物を、かくあさましくて、もてきたる事を、ねたく思ひ、おきなは、ねやのうち、しつらひなとす、おきな、みこに申やう、いかなるところ

にか、此木はさふらひけん、あやしくうるはしく、め
てたき物にもと申、みここたへてのたまはく、さを
と、しのきさらきの十日ころに、難波よりふねにのり
て、うみの中にいてゝ、ゆかんかたもしらす、おほえ
しかと、おもふことならては、世中にいきて、なにか
せんと、おもひしかは、たゝ、むなし風にまかせてあ
りく、いのちしなは、いかゝはせん、いきてあらんか
きりは、かくありて、ほうらいといらん山にあふやと、
なみにこきたゝよひ、ありきて、わか国のうちをはな
れて、ありきまかりしに、あるときは、なみあれつゝ、
うみのそこにもいりぬへく、あるときは、風につけて、
しらぬ国にふきよせられて、おにのやうなるものいて
きて、ころさんとしき、あるときは、きしかたゆくす
ゑもしらす、うみにまきれんとしき、あるときは、い
はんかたなく、むくつけゝなるものきて、くひかゝら
んとし、あるときは、うみのかひをとりて、いのちを
つく、たひのそらに、たすけ給ふへき人もなきところ
に、いろいろのやまひをして、ゆくかたそらもおほえ
す、ふねのゆくにまかせて、うみのたゝよひて、五百
日といふ、たつのときはかりに、うみの中にわつかに

山見ゆ、ふねのうちを、なをせめてみる、うみのうへ
に、たゝよへる山、いとおほきにてあり、その山のさ
ま、たかくうるはし、これや、わかもとむる、山なら
んと思ひて、さすかに、おそろしくおほえて、山のめ
くりを、さしめくりして、二三日はかり、見ありくに、
天人のよそほひしたる女、山の中よりいてきて、しろ
かねのかなまるをもちて、水をくみありく、これをみ
て、ふねよりおりて、山の名をなにと申ととふ、女こ
たへていはく、これは、ほうらいの山なりとこたふ、
これをきくに、うれしき事かきりなし、この女、かく
のたまふは、たれそととふ、わか名はうかんるりとい
ひて、ふと山の中にいりぬ、その山見るに、さらにの
ほるへきやうなし、その山のそはひらをめくれは、世
中になき、花の木ともたてり、こかね、るり色の水、
山よりなかれいてたり、それには、いろいろの玉のは
しわたせり、そのあたりに、てりかゝやく木ともたて
り、その中に、このとりてまうてきたりしは、いとわ
ろかりしかとも、とのたまひしに、たかはましかはと、
此花ををりて、まうてきたるなり、山はかきりなく
おもしろし、世にたとふへきにあらさりしかと、此

枝を、りてしかは、さらに心もとなくて、ふねにのり
て、おひ風ふきて、四百よ日になん、まうてきにし、
大願力にや、難波より昨日なん、みやこにまうてきつ
る、さらに、しほにぬれたるころもをたに、ぬきかへ
なてなん、こちまうてきつるとのたまふへ(マ丶)は、おきな、
うちなけきてよめる

　くれ竹の、よゝのたけとり、野山にも、さやはわひ
しき、ふしをのみ見し
これをみこきゝて、こゝ(マ丶)ろの日ころ、思ひわひぬる心
は、けふなんおちゐぬるとのたまひて、返し

　わかたもと、けふかわけれは、わひしさの、ちくさ
のかすも、わすられぬへし
とのたまふ、かゝる程に、をことも六人、つらねて、
庭にいてきたり、一人のをとこ、ふみはさみに、文を
はさみて申、つくも所くもんつかさのたくみ、あやへ
のうちまろ申さく、玉の木をつくりつかうまつりし事、
五こくたちて、千よ日にちからをつくしたる事、のく(マ丶)
なからす、しかるに、ろくいまたたまはらす、これを
給て、けこに給はせんといひて、さゝけたる、竹とりの
おきな、此たくみか申事は、なに事そ、かたふきをり、

御子は、我にもあらぬけしきにて、きもきえゐ給へり、
これを、かくやひめきゝて、このたてまつる文を、と
れといひて見れは、文に申けるやう、みこの君、千日、
いやしきたくみらともろともに、おなし所にかくれゐ
給ひて、かしこき玉のえた、つくらせ給ひて、つかさ
も給はんと、おほせ給ひき、これを此ころあんするに、
御つかひとおはしますへき、かくやひめのえうし給ふ
へきなりけりと、うけたまはりて、此宮より給はらん
と申て、給はるへきなりといふをきゝて、かくやひめ
の、くるゝまゝに思ひわひつる心ち、わつらひさかえ
て、おきなをよひとりて、いふやう、まことに、ほう
らいの木かとこそ思ひつれ、かくあさましき、そらこ
とにてありけれは、はやとく返し給へといへは、翁こ
たふ、さたかに、つくらせたる物ときゝつれは、返さ
ん事いとやすしと、うなつきてをり、かくやひめの
こゝろゆきはてゝ、ありつる歌の返し

　まことかと、きゝて見つれは、ことのはの、かされ
る玉の、えたにそありける
といひて、玉のえたもかへしつ、竹とりのおきな、
さはかり、かたらひつるか、さすかにおほえて、ねふり

をり、御子は、たつもはした、ゐるもはしたにて、ゐ給へり、かのうれへをしたるたくみは、かくやひめ、よひすゑて、うれしき人ともといひて、ろくいとおほくとらせ給ひ、たくみら、いみしくよろこひ、思ひいつるやうにもあるかなといひて、かへるみちにて、くらもちのみこ、ちのなかるゝまて、とゝのへせさせ給ろくえしかひもなく、みなとりすてさせ給てけれは、にけうせにけり、かくて、此御子は、一しやうのはち、これにすくるはあらし、女をえすなりぬるのみにあらす、天下の人の、見おもはん事の、はつかしき事、とのたまひて、たゝ一ところ、ふかき山へ入給ひぬ、みやつかさ、さふらふ人もみなてをわかちて、もとめたてまつれとも、御しにもやしたまひけん、えみつけたてまつらすなりぬ、御子の御ともに、かくし給はんとて、としころ、みえ給はさりけるなりけり、これをなん、玉さかるとはいひはしめける、右大臣あへのみむらしは、たからゆたかに、いへひろき人にそおはしける、そのとし来りける、もろこしふねの、わうけいといふ人のもとに、文をかきて、火ねすみのかはといふ物、かひておこせよとて、つかうまつる人の中に、心

たしかなるを、えらひて、小野のふさもりといふ人を、つけてつかはす、もていたりて、もろこしにをるわうけいに、こかねをとらす、わうけい、文をひろけてみせ、返事かく、火ねすみのかは、尤(マゝ)この国になき物や、おとにはきけとも、いまた見ぬなり、世にある物ならは、此国にも、もてまうてきなまし、もし、てんちくに、たまさかに、もてわたりなは、長者のあたりにとふらひもとめんに、なき物ならは、つかひにそへて、かねをかへしたてまつらんといへり、かのもろこしふねきけり、をのゝふさもり、まうてきて、まうのほるといふ事をきゝて、あゆみとうする馬をもちて、はしらせてかへさせ給ふときに、うまにのりて、つくしより、たゝ七日に、のほりまうて、文をみるにいはく、火ねすみのかは、尤(マゝ)からうして、人をいたして、もとめてたてまつる、いまの世にも、むかしの世にも、此かはは、たやすくなき物なりけり、むかし、かしこきてんちくのひしり、国にもてわたりはへりけるにしの山てらに、ありときゝ、およひて、おほやけに申て、からうして、かひとりてたてまつるあたひのかねすくなしと、こくし、つかひに申しかは、わうけいか物くはへてかひ

たり、いまかね五十両給るへし、ふねのかへらんにつけて、たひおくれ、もし、かね給ぬならは、かはころものしちかへしたへと、いへる事をみて、なにおほす、いま、こかねすこしにこそあれ、かならすおくるへき物もこそあれ、うれしくして、おこせたるかなとて、もろこしのかたにむかひて、ふしをかみ給、このかはころもいりたるはこを見れは、くさくさのうるはしきるりをいろへて、かはころもをみれは、こんしやうの毛のすゑには、こかねのひかりし、さゝやきたり、たからとみえ、うるはしき事、ならふへき物なし、火にやけぬ事よりも、けうらなる事、ならひなし、うへ、かくやひめ、このもしかり給にこそありけれ、とのたまふて、あなかしことて、はこに入給ひて、もの、えたにつけて、御身のけさう、いとゝかしく（ママ）いたうして、やかてとまりなんものそとおほして、うたよみくはへて、もちていましたり、その歌は

　かきりなき、おもひにやけぬ、かは衣は、たもとかはきて、けふこそは見め

といへり、いへの門に、もていたりてたてり、竹とりいてきて、とり入て、かくやひめにみす、かくやひめ

の、かはきぬをみていはく、うるはしきかはなめり、わきて、まことのかはならんともしらす、竹とりこたへていはく、とまれかくまれ、しやうし入たてまつらん、世中に見えぬ、かは衣のさまなれは、これをと思ひ給ね、人ないたくわひさせ給ひたてまつらせ給そ、といひて、よひすゑたてまつれり、かくよひすゑて、この床は、かならすあはん、女の心にもおもひをり、此おきなは、かくやひめやもめなるを、なけかしけれは、人にあはせんと思ひはかれと、せちに、いなといふ事なれは、えしひねはことわりなり、かくやひめ、おきなにいはく、このかはきぬは、火にやかんに、やけすはこそ、まことならめ、とおもひて、人のいふ事にもまけめ、世になき物なれは、それをまこと、うたかひなく、おもはんとのたまふ、なほ、これをやきてこゝろみんといふ、おきな、それ、さもいはれたりといひて、大臣に、かくなん申といふ、こたへていはく、この皮は、もろこしにもなかりけるを、からうして、もとめたつねえたるなり、なにのうたかひあらん、さは申とも、はや、やきて見給へといへは、火の中にうちくへて、やかせ給に、めらめらとやけぬ、されは

こそ、こと物のかはなりけりといふ、大臣これを見給ひて、かほは、草の葉の色にて、ゐたまへり、かくやひめ、あなうれしと、よろこひてゐ給へり、かのよみ給へる歌の返し、はこに入てかへす

　なこりなく、もゆとしりせは、かはころも　おもひのほかに、おきて見ましを

とてありける、されは、かへりいましにけり、世の人〻、あへの大臣、火ねすみのかは衣、もていまして、かくやひめにすみ給ふとな、こゝにやいますなととふ、ある人のいはく、かほは、火にくへてやきたりしかは、めらめらとやけにしかは、かくやひめの、あひ給はすといひけれは、これをきゝて、そけなけものをは、あへなしといひける、大伴のみゆきの大納言は、わかいへにありとある人、めしあつめてのたまはく、たつのくひに、五色にひかる玉あなり、それとりて、たてまつりたらん人には、ねかはん事をかなへんとのたまふ、をのことも、おほせの事をうけたまはりて、いともたふとし、たゝし、此玉たはやすくえとらしを、いはんや、たつのくひの玉は、いかゝとらんと申あへり、大納言のたまふ、てんのつかひといはんものは、命をす

てゝも、おのか君のおほせをは、かなへんとこそ、おもふへけれ、此国になき、てんちくもろこしの物にもあらす、此国のうみ山より、たつは、おりのほる物なり、いかに思ひてか、きんちら、かたきものと申へき、をのことも申やう、さらはいかゝはせん、かたき事なりとも、おほせ事にしたかひて、もとめまからんと申に、大納言見はらゐて、なんちらか、君のつかひと名をなかしつ、君のおほせ事をは、いかゝそむくへきとのたまひて、たつのくひの玉、とりにとていたし給ふ、此人〻の、みちのかて、くひ物に、とのうちのきぬ、わた、せになと、あるかきりとりいてゝ、そへてつかはす、此人〻ともかへるまて、いもひしてわれをらん、此玉とりえては、いへにかへりくなとのたまはせけり、おのおのおほせうけたまはりて、まかりいてぬ、たつのくひの玉とりえすは、かへりくなとのたまへは、家路もいつちも、あしのむきたらんかたへいなんす、かゝるすきことをし給ふ事と、そしりあへり、給はせたる物、おのおのわけつゝとる、あるいは、おのかいへにこもりゐ、あるいは、おのかゆかまほしきところへいぬ、おや君と申とも、かくつきなき事を、おほせ

給ふこと〴〵、事ゆかぬ物ゆゑ、大納言をそしりあひたり、かくやひめすゑんには、れいのやうには、見にくしとのたまひて、うるはしき屋をつくり給ひて、うるしをぬり、まきゑをし、返し給ひて、屋の上にいとをそめて、色〴〵にふかせて、うちしつらひには、いふせくもあらぬ、あやおり物にゑをかきて、まことにはりたり、もとのめともは、かくやひめを、かならす、あはんまうけして、ひとりあかしくらし給、つかはし人は、よるひるまち給ふに、としこゆるまて、おともせす、心もとなかりし、いとしのひて、たゝとねり二人めしつきとして、やつれ給て、なにはの辺におはしまして、とひ給ふ事は、大伴の大納言殿の人や、ふねにのりて、たつころして、そかくひの玉とれるとやきく、ととはするに、舟人こたへていはく、あやしき事かなとわらひて、さるわさするふねもなしとこたふるに、おちなき事する舟人にもあるかな、えしらてかくいふとおほして、わかゆみのちからは、たつあらは、ふといころして、くひの玉はとりてん、おそく来るやつはらを、またしとのたまひて、ふねにのりて、海ことにありき給ふに、いととほくて、つくしのかたうみ

にこきいてぬ、いかゝしけん、はやき風ふきて、せかいくらかりて、ふねをふきもてありく、いつれのかたにもしらす、ふねをうみ中にまかりいてぬへくふきまはして、なみは、ふねにうちかけつゝ、まきいれ、神は、おちかゝるやうに、ひらめく、かゝるに、大納言まとひて、またかゝるわひしきめ見す、いかならんとするそ、とのたまふ、かちとりこたへて申、こゝらふねにのりてまかりくに、またかくわひしきめをみす、御ふねうみのそこにいらすは、神おちかゝりぬへし、もし、さいはひに神のたすけあらは、みなみのうみに、ふかれおはしぬへし、うたてあるぬしの、みもとにつかうまつりて、すゝろなるしにを、すへかめるかな、とかちとりなくなく（マゝ）、大納言、これをきゝて、のたまはく、ふねにのりては、かちとりの申事をこそ、たかき山とたのめ、なとかくたのもしけ（マゝ）なく申そと、あをへとをつきてのたまふ、かちとりこたへて申、神ならねは、なにわさをつかうまつらん、風ふき、なみはけしけれとも、神さへいたゝきにおちかゝるやうなる、たつをころさんと、もとめ給候へはあるなり、はやても、りうのふかするなり、はや、神にいのり給へと

いふ、よき事なりとて、かちとりの御神きこしめせ、をとなく、心をさなく、たつをころさんと思ひけり、いまよりのちは、毛のすゑ一すちをたに、うこかしたてまつらしと、よ事をはなちて、たちゐ、なくなくよはひ給事、千たひはかり、申給ふけにやあらん、やうやう神なりやみぬ、すこしひかりも、風はなほはやくふき、かちとりのいはく、これは、たつのしわさにこそありけれ、ふく風は、よきかたの風なり、あしきかたの風にはあらす、よきかたのおもむきて、ふくなり、といへとも、大納言、これをきゝいれ給はす、三四日ふきて、ふきかへしよせたり、はまをみれは、はりまのあかしのはまなり、大納言、南海のはまに、ふきよせられたるにやあらんと、いきつきふし給へり、ふねにあるをのことも、国につけたれとも、国のつかさまうてとふらふにも、えおきあかり給はて、ふなそこにふし給へり、松原に御むしろしきて、おろしたてまつる、そのときにそ、南海ありけりとおもひて、からうして、おきあかりたまへるをみれは、かせいとおもき人にて、はらいとふくれこなたかなたの目には、すもゝを二つ、つけたるやうなり、これを見て、その国

のつかさも、ほほゑみたる、国におほせ給ひて、たこしつくらせ給て、によふによふ、になはれ給ひて、いへに入給ひぬるを、いかてかきゝけん、つかはししをのことも、まゐりて申やう、たつのくひの玉を、えとらさりしかは、南殿へもえまゐらさりし、玉のとりかたかりし事を、しり給へれはなん、^(マゝ)ちかんたうあらしとて、まゐりつると申、大納言おき給て、のたまはく、なんちら、よくもてこすなりぬ、たつは、なる神のるいにこそありけれ、それか玉をとらんとて、そこらの人ゝの、かいせられなんとしけり、まして、たつをとらへましかは、又こともなく、われはかいせられなまし、よくとらすなりにけり、かくやひめてふ、ほぬす人のやつか、人をころさんとするなりけり、いへのあたりたにいまはとほらし、をのことも、なありきそとて、いへにすこし、のこりたりける物ともは、たつの玉をとらぬ物ともにたひつ、これをきゝて、はなれ給ひしもとのうへは、はらをきりてわらひ給ふ、いたをふかせつくりしやは、とひからすのすに、みなくひもていにけり、せかいの人のいひけるは、大伴大納言、たつのくひの玉や、とりておはしたる、いなさもあらす、

みまなこ二に、すも〻のやうなる玉をそ、そへていましたると、いひけれは、あなたへのかた、といひけるよりそ、世にあはぬ事をは、あなたへかたとは、いひはしめける、中納言いそのかみのまろたりの、いへにつかはる〻、をのことものもとに、つはくらめの、すくひた〻（ママ）は、つけよとのたまふを、うけ給りて、何のようにかあらんと申、こたへてのたまふやう、つはくらめのもたる、こやすのかひをとらんれうなりと、のたまふ、をのこともこたへて申、つはくらめを、あまたころしてみるたにも、はらになにもなき物なり、た〻し、子うむときなん、いかてか、いたすらん、はらくかと申、人たにみれは、うせぬと申、又人の申うは、おほいつかさの、いひかしく屋のむねに、つくのあなことに、つはくらめは、すをくひはへる、それに、まめならんをのこともを、ゐてまかりて、あくらをゆひて、あけてうか〻はせんに、そこらつはくらめ、子うまさらんやは、さてこそとらしめ給はめと申、中納言、よろこひ給ひて、おかしきことにもあるかな、もろともえしらさりつる、けうある事、申たりとのたまひて、まめなるをのこ、廿人はかりつかはして、

あななひにあけすゑられたり、とのよりつかひ、ひまなく給はせて、こやすのかひ、とりたるかと、とはせ給ふ、つはくらめも、人のあまた、のほりゐたるにおちて、すにものほりこす、か〻るよしの返事を申たれは、き〻給て、いか〻すへきと、おほしわつらふに、かのつかさの官人くらつまろ（ママ）と申、おきな申やう、こやすのかひとおほしめさは、たはかり申さんとて、御まへにまゐりたれは、中納言、ひたひをあはせて、むかひ給へり、くらつまろと申やう、このつはくらめの、こやすのかひは、あしくたはかりて、とらせ給なり、さてはえとらせたまはし、あななひにおとろおとろしく、廿人の人の、のほりてはへれは、あれて、よりまうてこす、せさせ給ふへきやうは、このあななひをこほちて、人みなしりそきて、まめならん人ひとりを、あらこにのせすゑて、つなをかまへて、鳥のこうまんあひたに、つなをつりあけさせ、ふとこやすをとらせ給はなん、よかるへきと申、中納言のたまふやう、いとよき事なりとて、あななひをこほし、人みなかへりまうてきぬ、中納言、くらまろ（ママ）にのたまはく、つはくらめは、いかなるときにか、子うむとしりて、人をはあく

へきとのたまふ、くらつまろ申やう、つはくらめ、子
うまんとするときは、をゝさゝけて、七とめくりて、
うみおとすめる、さて、七とめくらんをり、ひきあけ
て、そのをり、こやすかひは、とらせ給ふへきと申、
中納言よろこひ給ひて、よろつの人にも、しらせ給は
て、みそかに、つかさにいまして、をのこともの中に
ましりて、よるをひるになして、とらしめ給、くらつ
まろかく申を、いといたくよろこひて、のたまふ、
こゝにつかはるゝ人にもなきに、ねかひをかなふる事
のうれしき（マゝ）、のたまひて、御そぬきてかつけ給ふつ、
さらに、よさりこのつかさに、またてことのたまひて、
つかはしつ、日くれぬれは、かのつかさにおして見給
ふに、まことに、つはくらめすつくり、くらつまろ申
やう、をうけてめくるに、あらこに人をのほせて、つ
りあけさせて、つはくらめのすに、手をさし入させて、
さくるに、物もなしと申に、中納言、あしくさくれは、
なきなりとはらたちて、たれはかりおほえんにとて、
われのほりて、さくらんとのたまふて、こにのほりて
つられのほりて、うかゝひ給へるに、つはくらめ、
をゝさゝけて、いたくめくるにあはせて、手をさゝけ

て、さくり給に、手にひらくる物、さはるときに、わ
れ、物にきりたる、いまはおろしてよ、おきなしえた
りとのたまふ、あつまりて、とくおろさんとて、つな
をひきすくして、つなたゆる、すなはちに、やしまの
かなへのうへに、のけさまにおち給へり、人ゝあさま
しかりて、よりてかゝへたてまつれり、御目はしらめ
にて、ふし給へり、人ゝ、水をすくひ入たつまつる、
からうして、いきいて給へるに、又かなへのうへより、
手とり、あしとりして、さけおろしたてまつる、かう
して、御心ちはいかゝおほさるととへは、いきのした
にて、物はすこしおほゆれとも、こしなんうこかれぬ、
されと、こやすのかひを、ふとにきりもたれは、うれ
しくおほゆるなり、まつ、しそくさして、こゝのかひ
かほ見んと、御くしもたけて、御手をひろけ給へるに、
つはくらめのまりおけるくそを、にきり給へるなり、
それを見給ひて、あなかひなのわさやと、のたまひけ
るよりそ、おもふにたかふ事をは、かひなしとはいひ
ける、かひにもあらすとみ給ひけるに、御心ちもたか
ひて、からひつの、いれられ給ふへくもあらす、御こし
はをれにけり、中納言は、いひいけたるわさしてやむ

ことを、人にきかせしとし給ひけれと、それをやまひ
にて、いとよわくなり給ひけり、かひをは、とらすな
りにけるよりも、人のき丶わらはん事を、日にそへて、
思ひ給ひけれは、た丶にやみしぬるよりも、人きゝは
つかしくおほえ給ひけり、これを、かくやひめきゝて、
とふらひける歌
　としをへて、なみたちよらぬ、すみの江の、松かひ
なしと、きくはまことか
とあるよみてきかす、いとよわき心に、かしらもたけ
て、人にかみをもたせて、くるしき心ちに、からうし
てかき給ふ
　かひはなく、ありける物を、わひはて丶、しぬるい
のちを、すくひやはせぬ
とかきは（へ丶）る、たえ入給ひぬ、これをきゝて、かくや
ひめ、すこしあはれとおほえけり、それよりなん、す
こしうれしき事をは、かひあるとはいひける、さて、
かくやひめかたちの、世ににすめてたき事を、御門き
こしめして、内侍、なかとみのふさこにのたまふ、お
ほくの人のみを、いたつらになして、あはさかる（マ丶）かく
やひめは、いかはかりの女そと、まかりてみてまゐれ

とのたまふ、まさこ（マ丶）、うけたまはりてまもれり（マ丶）、竹と
りのいへに、かしこまりて、しやうしいれてあへり、
女に内侍のたまふ、仰ことに、かくやひめのうち、い
うにおはするなり、よくみてまゐるへきよし、のたま
はせつるになん、まゐりつるといへは、さらは、かく
申はへらんと、いひて入ぬ、かくやひめに、はや、か
の御つかひに、たいめんし給へといへは、かくやひめ、
かたちにもあらす、いかてか、みゆへきといへは、う
たてものたまふかな、御門の君の御つかひをは、いか
てか、おろかにせんといへは、かくやひめこたふるや
う、御門のめして、のたまはん事、かしこくともおも
はすといひて、さらに見ゆへくもあらす、むめる子の
やうにあはれと、いと心はつかしけに、おろそかなる
やうにいひけれは、心のま丶にもえせす、内侍のも
とに、かへりいて丶、くちおしく、このおさなきもの
は、こはくはへるものにて、たいめんすましきと申、
内侍、かならすみてまゐれと、仰ことありつる物を、
見たてまつらてはいかてか、かへりまゐらん、こくわ
うの仰事を、まさに世にすみ給はん人の、うけたまは
てありなんや、いはれぬ事なし給ひそと、ことははつ

かしくいひけれは、これをきゝて、まして、かくやひ
め、きくへくもあらす、国王の仰事をそむかは、はや、
ころし給ひてよかしといふ、この内侍、かへりまゐり
て、此よしをそうす、御門きこしめして、おほくの人
ころしける、心そかしとのたまひて、やみにけれと、
おほしおはして、(マヽ)まして、この女たはかりにや、まけ
んとおほしめして、仰給ひ、なんちかもちてはへる、
かくやひめたてまつれ、かほかたちよしときこしめし
て、御つかひをたひしかと、かひなく、みえすなりに
けり、かくたいたいしくやは、ならはすへきとおほせ
らる、おきなかしこまつて、御返事申やう、此めのわ
らはは、たえて、みやかへ(マヽ)つかうまつるへくもあらす
はへるを、もてわつらひはへる、さりともまかりて、
おほせ事、たまはんとそうす、これをきこしめして仰
給ふ、なとか、おきなの手におほしたてたらんものを、
心にまかせさらん、此女、もし、たてまつりたるもの
ならは、おきなかうふりを、なとかたまはせさらん、
おきなよろこひて、いへにかへりて、かくやひめにか
たらふやう、かくなん、御門の仰給へる、なほやは、
つかうまつり給はぬ、といへは、かくやひめ、こたへ

ていはく、もはら、さやうのみやつかへ、つかうまつ
らしと思ふを、しひてつかうまつらせ給はゝ、きえう
せなんす、みつかさ、かうふり、つかうまつりて、し
ぬはかりなり、おきないらふるやう、なし給ふ、つか
さ、かうふりも、わか子をみたてまつらては、何にか
はせん、さはありとも、なとか、みやつかへをし給は
さらん、しに給ふへきやうやあるへきといふ、なほそ
らことかと、つかうまつらせて、しなすやあるとみ給
へは、あまたの人の心さし、おほつかならさ(マヽ)らしを、
むなしくなしてしこそあれ、きのふけふ、御門の、の
たまはん事につかへん、人きゝやさしといへは、おき
なこたへていはく、天下のことは、とあるとも、か
りとも、みいのちのあやうさこそ、おほきなるさはり
なれは、なほつかうまつるましき事を、まゐりて申さ
んとて、まゐりて申やう、仰のことをかしこさに、か
のわらはをまゐらせんとて、つかうまつれは、みやつ
かへにいたしたては、しぬへしと申、みやつこまろか
手に、むませたる子にもあらす、むかし、山にて見つ
けたる、かゝれは心はせも、世の人ににすはへると、
そうせさす、御門仰給、みやつこまろかいへは、山も

167

とかくなり、御かり、御幸し給んやうにて、みてんやとのたまはす、宮つこまろ申やう、いとよきことなり、何か心もなくて、はへらんに、ふとみゆきして、御らんせん、御覧せられなんとそうすれは、御門、にはかに日をさためて、御かりにいて給ふて、かくやひめのいへに、入給ふて見給に、ひかりみちて、きよらにてにゐたる人あり、これなんとおほして、ちかくよらせ給に、にけている袖を、とらへ給へは、おもてをふたきて候へと、はしめよく御らんしつれは、たくひなく、めてたく、おほえさせ給ひて、ゆるさしとすとて、ゐておはしまさんとするに、かくやひめ、こたへそうす、おのか身は、此国にむまれてはへらはこそ、つかひ給はめ、いとゐたく、おはしましかたくやはへらんと、そうす、御門、なとかさあらんなほゐておはしまさんとて、御こしをよせ給ふに、此かくやひめ、きとかけになりぬれ、はかなく、口おしとおほして、けにたゝ人には、あらさりけりと、さあらは、御もと(ママ)にはゐていかし、もとの御かたちと、なり給ひね、それをみてに、かへりなんとおほせらるれは、かくやひめ、もとのかたちになりぬ、御門、なほめてたくお

ほさるゝこと、せきとめかたし、かく見せつるみやつこまろを、よろこひ給ひ、さてつかうまつる百官人のあるし、いかめしうつかうまつる、御門、かくやひめをとゝめて、かへり給はん事を、あかすくちおしくおほしけれと、玉しゐをとゝめたる、心ちしてなん、かへらせ給ひける、御こしにたてまつりてのちに、かくやひめに

　かへるさの、みゆき物うく、おもほえて、そむきてとまる、かくやひめゆゑ
御かへりことを
　むくらはふ、したにもとしは、へぬる身の、なにかは玉の、うてなをも見ん
これを御門、御らんして、いとゝ、かへり給はんそらもなくおほさる、御心は、さらにたちかへり(ママ)へくも、おほされさりけれと、さりとて、夜をあかし給ふへきにあらねは、かへらせ給ひぬ、つねにつかうまつる人を見給ふに、かくやひめのかたはらに、よるへくたにあらさりけりこと人よりは、けうらなりとおほしけり(ママ)人の、かれにおほしあはすれは、人にもあらす、かくやひめのみ、御心にかゝりて、たゝひとりすみし給、

よしなく、御かたかたにもわたり給はす、かくやひめ
の御もとにそ、御文をかきてかよはせ給、御かへり、
さすかににくからす、きこえしかはし給て、おもしろ
く木草につけても、御歌をよみてつかはす、かやうに、
御心をたかひに、なくさめ給ほとに、三とせはかりあ
りて、春のはしめより、月のおもしろういつるをみて、
つねよりも物おもひたるさまなり、ある人の、月（マゝ）かほ
みるは、いむ事にせいしけれと、ともわれは、ひとま
にも月をみて、いみしくなき給ふ、七月十五日の月に
いてゐて、せちに物おもへるけしきなり、ちかくつか
はる、人〻、竹とりのおきなにつけていはく、かく
やひめの、れいも月をあはれかり給へとも、此ころと
なりては、たゝことにもはへらさめり、いみしく、お
ほしなけく事あるへし、よくよく、みたてまつらせた
まへと、いふをきゝて、かくやひめにいふやう、なん
てふ心ちすれは、かく物を思ひたるさまにて、月を見
たまふそ、うましき世にといま（マゝ）、かくやひめ、みれは
せけん心ほそくあはれかはへる、なてふ物をか、なけ
きはへるへき、といふ、かくやひめの、あるときにい
たりてみれは、なほ物おもへるけしきなり、これをみ

て、あるほとけ（マゝ）、何事おもひ給ふそ、おほすらん事、
何事そといへは、おもふ事もなし、物なん心ほそくお
ほゆる、といへは、おきな、月なみ給ふそ、これを見
給へは物おほすけしきあるそといへは、いかて、月を
みてはあらんとて、なほ月いつれは、いてゐつゝ、な
けきおもへり、ゆふやみには、物おもはぬけしきなり、
月のほとになりぬれは、なほときときは、うちなけき
なとす、これをつかふものとも、なほ物おほす事、あ
るへし、とさゝやけと、おやこはしめて、何事ともし
らす、八月十五日はかりの、月にいてゐて、かくやひ
め、いたくなき給、人めもいまはつゝみ給はす、なき
給ふ、これをみて、おやともゝ、何事そととひさはく、
かくやひめなくなくいふ、さきさきも申さんと思ひし
かとも、かならす心まといし給はん物そと思ひ、いま
まて、すこしはへりつるなり、さのみやはとて、うち
いてはへりぬるそ、おのか身は、此国の人にもあらす、
月のみやこの人なり、それをなん、むかしのちきり、
ありけるによりなん此せかいにはまうてきたりける、
いまは、かへるへきになりにけれは、此月の十五日に、
かのもとの国よりむかへに、人〻まうてこん、さらす

169

まかりぬへけれは、おほしなけかんかかなしき事を、此春よりおもひなけきはへるなりといひて、いみしくなくを、おきな、こはなてふ事のたまふそ、竹の中より見つけきこえ(マゝ)したりしかと、なたねのおほきさおはせしを、わかたけたちならふまて、やしなひたてまつりたる我子を、なに人かむかへきたらん、まさにゆるさんやといひて、われこそしなめとて、なきのゝしる事、いとたへかたけなり、かくやひめのいはく、月のみやこの人にて、ちゝ母あり、かたときのあひたとて、かの国よりまうてこしかとも、かくこの国には、あまたのとしを、へぬるになんありける、かの国のちゝはゝのこともおほえす、こゝには、かく久しくあそひきこえて、ならひたてまつれり、いみしからん心ちもせす、かなしくのみある、されと、おのか心ならす、まかりなんとする(マゝ)にいひて、もろともにいみしうなく、つかはるゝ人にも、としころならひ、たちわかれなん事を、心はへなと、あてやかに、うつくしかりつる事をみならひて、恋しからん事のたへかたく、ゆ水ものまれす、おなし心になけかしかりけり、此事を御門きこしめして、竹とりかいへに、御つかひつかはさせ給、御つか

ひに、竹とりいてあひて、なく事かきりなし、此事をなけくに、ひけもしろく、こしもかゝまり、めもたゝれにけり、おきな、ことしは五十はかりなりけれとも、物おもふには、かたときになん、老になりにけるとみゆ、御つかひ、仰事とて、おきなにいはく、いと心くるしく、物おもふなるはまことゝかと仰給、竹とりなくなく申、此十五日になん、月のみやこより、かくやひめのむかへにまうくなる、たふとくとはせ給、この十五日は、人ゝ給りて、月のみやこの人まうてこは、とらせ(マゝ)させんと申、御つかひかへりまゐりて、おきなのありさま申て、そうしつる事ともを、きこしめしてのたまふ、一め見給ひし御心にたに、わすれ給はぬに、あけくれ見なれたる、かくやひめをやりては、いかゝおもふへき、かの十五日、つかさつかさにおほせて、ちよくし、少将、高野のおほくにといふ人をさして、六衛のつかさあはせて、二千人の人を、竹とりかいへにつかはす、いへにまかりて、ついちのうへに千人、屋のうへに千人、いへの人ゝ、いとおほかりけるにあはせて、あけるひまもなくまもらす、此まもる人ゝも、弓矢をたいして、おも屋のうちには、女ともをはんにをりてまも

らす、女、ぬりこめのうちに、かくやひめをいたかへてをり、おきなも、ぬりこめの戸をさして、とくちにをり、おきなのいはく、かばかりまもるところに、天の人にもまけんやといひて、屋のうへにをる人〻にいはく、つゆも物そらにかけらは、ふといころし給へ、まもる人〻のいはく、かばかりしてまもるところに、はり一つたにあらは、まついころして、外にさらんと思ひはへるといふ、おきな、これをき〻て、たのもしかりけり、これをき〻て、かくやひめは、さしこめて、まもりた〻かふへき、したくをしたりとも、あの国の人を、えた〻かはぬなり、ゆみやしていられし、かくさしこめてありとも、かの国の人こ(マゝ)は、みなあきなんとす、あひた〻かはんことするとも、かの国の人きなは、たけき心つかう人もよもあらし、おきなのいふやう、御むかへにこん人をは、なかきつめして、まなこをつかみつふさん、さか〻みをとりて、かなくりおとさん、さかしりをかきいて〻、こ〻らのおほやけ人にみせて、はちをみせんとはらたちをる、かくやひめいはく、こわたかになのたまひそ、屋のうへにをる、人とものきくに、いとまさなし、いますかりつる心さし、

思ひもしらて、まかりなんする事の、くちをしうはへりけり、なかきちきりのなかりけれは、ほとなくまかりぬへきなめりおもふる(マゝ)、かなしくはへるなり、おやたちのかへりみを、いさ〻、かたにつかうまつらん(マゝ)、まからんみちも、やすくもあるましき、日ころもいてゐて、ことしはかりのいとまを申つれと、さらに、ゆるされぬによりてなん、かく思ひなけきはへる、み心をのみまとはして、さりなん事の、かなしくたへかたくはへるなり、かのみやこの人は、いとけうらに、おひをせすなん、思ふ事もなくはへるなり、さるところへ、まからんするも、いみしくもはへらす、おひおとろへ給へるさまを、みたてまつらさらんこそ、恋しからめといひて、おきな、むねいたき事なし給ひそ、うるはしきすかたしたる、つかひにもさはらしと、ねたみをり、か〻る程に、よひすきて、ねのときはかりに、いへのあたり、ひるのあかさにもすきて、ひかりたり、もち月のあかさを、十あはせたるはかりにて、ある人のけのあなさへ、みゆる程なり、大そらより、人雲にのりて、おりきて、土より五しやくはかり、めかる(マゝ)程に、たちつらねたり、これをみて、うちとなる人の心

とも、物におそはるゝやうにて、たゝかはん心もなか
りけり、からうして、思ひおこして、ゆみやをとりた
てんとすれとも、手にちからもなくなりて、かゝりた
り、中にこゝろさかしきもの、ねんしていんとすれと
も、外さまへいきけれは、あれもたゝかはて心ちしれ
にしれて、まもりあへり、たてる人ともは、しやそく(マゝ)
のきよらなること、物にもあらす、とふ車、一くした
り、らかいさしたり、その中に、王とおほしき人、家
にみやつこまろまうてこといふに、たけく思ひつるみ
やつこまろも、物にゑひたる心ちして、うつふしにふ
せりいはく、なんち、をさなき人、いさゝかなるくと(マゝ)
もを、おきなつくりけるによりて、なんちかたすけに
とて、かたときの程とて、くたしゝを、そこらのとし
ころ、そこらのこかね給て、みをかへたるに、なりに
たり、かくやひめは、つみをつくり給へりけれは、か
くいやしきおのれかもとに、しはしおはしつるなり、
つみのかきり、はてぬれは、かくむかへるを、おきな
はなきなけく、あたはぬ事なり、はやいたしたてまつ
れといふ、おきなこたへて申、かくやひめをやしなひ
たてまつるてか廿よねんになりぬ、かたときとのたま(マゝ)

ふに、あやしくなりはへりぬ、又こところに、かく
やひめと申人そ、おはすらんといふ、こゝにおはする
かくやひめは、おもきやまひをし給へ、えいておはし
しますましと申せは、その返事はなくて、屋のうへに、
とふくるまをよせて、いさ、かくやひめ、きたなきと
ころに、いかて久しくおはせんといふ、たてこめたる
ところの戸、すなはち、たゝあきにあきぬ、かうしと
もゝ、人はなくしてあきぬ、女いたきてゐたるかくや
ひめ、とに出ぬ、えとゝむましけれは、たゝあふきて
なきをり、竹とり心まとひて、なきふせるところによ
りて、かくやひめ、こゝに心にもあらて、かくまかる
に、のほらんをたに、見おくり給へといへとも、なに
しにかなしきに、見おくりたてまつらん、われをいか
にせよとて、すてゝはのほり給ふそ、くして出おはせ
ねと、なきてふせれは、心まとひぬ、文をかきおきて
まからん、恋しからん折ミ、とりいてゝ見給へとて、
うちなきてかくことはは、此国にむまれぬるとならは、
なけかせたてまつらぬ程まてはへられて過わかれぬる
と、返ミほいなくこそ、おほえはへれ、ぬきおく衣を、
かたみとみ給へ、月のいてたらん夜は、みおこせ給へ、

見すてたてまつりて、まかるそらよりも、おちぬへき心ちすると、かきおく、こと人の中に、もたせたる、はこあり、あまのは衣いれり、又あるは、ふしのくすりいれり、ひとりの天人いふ、つほなる御くすりたてまつれ、きたなきところの物、きこしめしたれは、御心ちあしからん物そとて、もてよりたれは、わつかなめ給ひて、すこしかたみとて、ぬきおく衣に、つ、まんとすれは、ある天人、つ、ませす、みそをとりいて、、きせんとす、そのときに、かくやひめ、しはしまてといふ、衣きせつる人は、色ことになるなりといふ、物ひとこと、いひおくへき事ありけりといひて、文かく、天人おそしと心もとなかり給ひ、かくやひめ、ものしらぬことなのたまひそ、いみしくしつかに、おほやけに御文たてまつり給、あわてぬさまなり、かくあまたの人を給ひて、と、めさせ給へと、ゆるさぬむかへまうてきて、とりゐてまかりぬれは、くちをしくかなしき事、みやつかへ、つかうまつらすなりぬるなり、かくわつらはしき身にてはへれは、心えすおほしめされつらめとて、心つよく、うけたまはらすなりにし事なめけなる物に、おほしめしと、められぬるなん、

心にと、まりまへりぬとて

　いまはとて、あまのはころも、きるをりそ、君をあはれと、おもひいてける

とて、つほのくすりそへて、頭中将よひよせて、たてまつらす、中将にこと人とりてつたふ、中将とりつれは、ふとあまのはころも、うちきせたてまつりつれは、おきなを、いとほしくかなしと、おほしつる事もうせぬ、此ころもきつる人は、物おもひなくなりにけれは、くるまにのりて、百人はかり天人、くしてのほりぬ、そのゝち、おきな女、ちのなみたをなかして、まとへとかひなし、あのかきおきし、文をよみきかせけれと、なにせんにか、いのちもをしからん、たかためにか、何事もようもなしとて、くすりもくはす、やかておきもあからて、やみふせり、中将、人、ひきくして、かへりまゐりて、かくやひめを、えたゝかひとめすなりぬる事、こまこまとそうす、くすりのつほに、御文そへてまゐらする、ひろけて御らんして、いといたく、あはれからせ給ひて、物もきこしめさす、御あそひなともなかりけり、大臣かんたちめをめして、いつれの山か、天にちかきと、とはせ給ふに、人そうす、する

かの国にあるなる山なん、此みやこもちかく、天もち
かくはへるとそうす、これをきかせ給ひて

　あふ事も、なみたにうかふ、わか身には、しなぬく
すりも、何にかはせん

かのたてまつる、ふしのくすりに、又つほくして、御
つかひにたまはす、ちよくしには、つきのいはかさと、
いふ人をめして、するかの国にあなる、山のいた丶き
に、（マヽ）めてつくへきよし仰給、みねにてすへきやう、を
しへさせ給、御文、ふしのくすりつほならへて、火を
つけて、もやすへきよし仰給、そのよし、うけたまは
りて、つはものとも、あまたくして、山へのほりける
よりなん、その山を、ふしの山とは名つけける、その
けふり、いまた、雲のなかへ、たちのほるとそいひつ
たへたる

川端　康成　1899－1972

　大阪市生まれ。一高をへて東京大学国文科卒業。第6次
「新思潮」に発表した『招魂祭一景』（1921）の新鮮な感覚を
菊池寛らに認められて文壇にデビュー。横光利一、今東光ら
と「文芸時代」（1924）を創刊。斬新な文学の出現として世間
の注目を浴び、新感覚派と呼ばれた。

　『十六歳の日記』（中学時代の日記　1925年発表）、『伊豆の
踊り子』（1926）など写実的な作品も書いたが、『二十年』
（1925）、『叩く子』（1928）や、モダニズムの作品『浅草紅団』
（1929〜30）などの詩的な作品も多い。しかし新心理主義の小
説『水晶幻想』（1931）の頃から虚無的になり、『禽獣』（1933）、
『虹』（1934）の頃に最も深くなるが、『雪国』（1935〜47）に
至って、賢明に生き抜く姿を見守るような作風に変わってい
る。

　1948年日本ペンクラブ会長に就任。57年に国際ペンクラブ
東京大会を主催。61年文化勲章受章、68年にノーベル文学賞
を受賞。しかし、睡眠薬に健康を蝕まれながら活躍を続け、
名声に包まれる中、72年に書斎でガス自殺を遂げる。

Yasunari Kawabata 1899–1972

Born in the city of Ōsaka, he attended Ichikō in Tōkyō, and graduated from the Department of Literature at Tōkyō Imperial University. He made his debut into literary circles when Kikuchi Kan praised the fresh sensibility of his story "Shokonsai ikkei," ("A view of the Yasukuni Festival"), when it was published in the sixth issue of the literary journal *Shinshichō*. With Yokomitsu Riichi and Kon Tōkō in 1924 he set up the literary journal *Bungei jidai*. These writers drew attention for their fresh, innovative writing, and they were named the Shinkankakuha ("The New Sensibility Group").

Kawabata is known for his realist pieces like "Jūrokusai no nikki" (Diary of my Sixteenth Year, a diary of his middle-school days published in 1925), and "Izu no odoriko" (The Izu Dancer, 1926), but he also wrote a lot of highly poetic pieces like "Nijūnen" (Twenty years, 1925), "Tataku ko" (1928), and modernist works like *Asakusa kurenaidan* (Scarlet Gang of Asakusa, 1929–30). With the new psychological novel *Suishō gensō* (Quartz Illusions, 1931), his works became more nihilistic, a tendency which only grew deeper with works like *Kinjū* (Birds and Beasts, 1933) and *Niji* (Rainbow, 1934). In his most famous novel *Yukiguni* (Snow Country, 1935–47) his writing dealt with figures who struggled their best to survive.

Kawabata became the Chairman of the Japan Pen Club in 1948. In 1957 he chaired the Conference of the International Pen Club in Tokyo. In 1961 he was awarded a Cultural Medal, and in 1968 the Nobel Prize for Literature. However, by this time his health and spirits were impaired by sleeping medicine, and in 1972, at the height of acclaim, he killed himself in his study using gas.

ドナルド・キーン 1922—

　アメリカの日本文学研究家。ニューヨーク生まれ。コロンビア大学卒業。在学中から日本語を学び、戦後ケンブリッジ大学、京都大学などで日本文学を研究。「国性爺合戦の研究」でコロンビア大学博士となる。

　1955年からコロンビア大学で後進を育成。一方『古事記』から近松門左衛門、三島由紀夫まで広く研究、紹介し、日本文学の国際的評価を高めるのに貢献。

　1962年に菊池寛賞、75年に勲三等旭日章、83年に山片蟠桃賞（第一回）、同年に国際交流基金賞を受賞。また9世紀から19世紀までの日本人の日記を研究した『百代の過客』（正編）で読売文学賞（1984）・日本文学大賞（85）を受賞。さらに、長年の日本文学の研究と海外紹介の功績により、朝日賞（98）を受賞した。

　主な著書に、『日本文学史』（1976〜、9冊既刊）、『百代の過客』（正・続　1984・88）、など。また『徒然草』、『人間失格』など日本文学の英訳も多数ある。

　1992年コロンビア大学を退職。日本文学研究のかたわら、講演など多方面で活躍中。

Donald Keene 1922–

Donald Keene, an American scholar of Japanese literature, was born in New York in 1922. He graduated from Columbia University where he first began the study of Japanese in 1941. During World War II he served in the U.S. Navy as a translator and interpreter of Japanese. After the war he returned to academic life. Form 1948 to 1953 he taught Japanese at Cambridge University. He received the Ph.D. degree from Columbia University in 1951 with his study of *The Battles of Coxinga*, the play by Chikamatsu Monzaemon.

　He returned to Columbia University in 1955 after two years' study at Kyoto University, and he taught there until 1992, when he retired as University Professor Emeritus. His publications ranging in time from a study of the *Kojiki* to discussions of contemporary literature, has increased appreciation of Japanese literature in other countries.

　His honors include the Kikuchi Kan Prize, awarded in 1962, the Order of the Rising Sun, Third Class (1975), the Japan Foundation Award (1984), the Tokyo Metropolitan Prize (1987), and Fukuoka Asian Culture Prize (1991). He is a foreign member of the Japan Academy. He is also a member of the American Academy and Institute of Arts and Letters. His book *Travelers of a Hundred Ages*, published in 1984, received both the Yomiuri Literature Prize and the Shinchō Grand Prize. His considerable research into Japanese literature and contribution to its introduction outside Japanese was recognized with the Asahi Prize in 1998. Other publications include the four-volume history of Japanese literature, consisting of *Seeds in the Heart*, *World Within Walls*, and the two volumes of *Dawn to the West*, as well as numerous translations of both classical and modern works.

　Since his retirement from Columbia University he has been active as a writer and lecturer.

宮田　雅之 1926－1997

大正15年、東京赤坂に生まれる。

文豪谷崎潤一郎に見い出され、独創の切り絵の世界を確立。一枚の紙を、一本の刀で切り上げる切り絵の技術と、その卓越した国際性を高く評価され、1981年、バチカン美術館に今世紀4人目の日本人画家として『日本のピエタ』が収蔵され、1995年、国連50周年を記念して、世界の現代画家の中から、日本人として初めて国連公認画家に選任され、力作『赤富士』が特別限定版画となって世界184ヵ国に紹介されるなど、切り絵界の第一人者として世界画壇で活躍。1996年12月、日中国交正常化25周年記念特別企画として、上海に於いて『刀勢画・宮田雅之芸術展』を開催し、宮田切り絵の里帰り展として大きな反響を得るが、1997年1月5日、上海から帰国の途中機内において脳梗塞に見舞われ急逝。享年70歳の生涯を終える。

代表作に『おくのほそ道』、『源氏物語』、『竹取物語』、『万葉恋歌』、『花の乱』などがある。

Masayuki Miyata 1926–1997

Masayuki Miyata was born in Akasaka, Tōkyō in 1926. He was discovered by the distinguished writer Tanizaki Jun'ichirō, and he went on to create his own distinct realm in *kiri-e* (cut-out illustrations). His cut-out pictures, made with mere sheets of paper and a cutting blade, and their exceptional accessibility to people from all countries, have won admiration. In 1981, his work *Japanese Pieta* was selected for the modern religious art collection in the Vatican Museum—he is only the fourth Japanese artist so honored this century. In 1995, the bi-centennial anniversary of the UN, Miyata was selected from contemporary artists worldwide to be the UN's official artist, the first Japanese to hold the post. His masterpiece, *Red Fuji*, was reproduced in special limited edition in 184 countries around the globe. Miyata continued to be actively engaged in international art circles as the most prominent *kiri-e* artist in Japan until his death in 1997.

His representative works include illustrations for *Oku no Hosomichi* (The Narrow Road to Oku), *Taketori monogatari* (Tale of a Bamboo-Cutter), *Man'yō koi-uta* (Poems of Love from the Man'yōshū), and *Hana no Ran* (Passion in Disarray).

竹取物語
The Tale of the Bamboo Cutter

1998年3月20日　第1刷発行

著　者	川端康成／ドナルド・キーン
挿　絵	宮田雅之
企画協力	宮田雅之アートプロモーション
	株式会社雅房・瀧愁麗
発行者	野間佐和子
発行所	講談社インターナショナル株式会社
	〒112-8652　東京都文京区音羽1-17-14
	電話：03-3944-6493（編集）
	03-3944-6492（営業）
印刷所	光村印刷株式会社
製本所	株式会社　国宝社

落丁本、乱丁本は、講談社インターナショナル営業部宛にお送りください。
送料小社負担にてお取替えいたします。なお、この本についてのお問い合わせは、
編集局第二出版部宛にお願いいたします。本書の無断複写（コピー）は著作権法
上での例外を除き、禁じられています。

定価はカバーに表示してあります。